光文社文庫

文庫書下ろし／長編時代小説

影武者
日暮左近事件帖

藤井邦夫

光　文　社

本書は、光文社文庫のために書下ろされました。

目次

江戸川橋
大塚
板橋宿へ
巣鴨
赤城明神
石切橋
松平越前守屋敷
神楽坂
江戸川
切支丹坂
御薬園
中山道
日光御成街道
小石川馬場
傳通院
小石川
神明宮
白山
駒込
小石川御門
水戸徳川家
春日町
水道橋
菊坂台町
千駄木
御弓町
駒込追分
神田川
本郷
加賀前田家
水戸藩中屋敷
道灌山
根津権現
湯島聖堂
霊雲寺
日暮里
門前町
茅町
湯島天神門前町
不忍池
神田明神
湯島天神
石神井用水
弁財天
妻恋坂
池之端仲町
根岸
谷中
東叡山寛永寺
明神下
下谷御成街道
下谷広小路
外神田
御徒町
入谷鬼子母神
（真源院）
向柳原
三味線堀
幡随院
下谷三之輪町
浅草天王町
甚内橋
鳥越明神
千住大橋
阿部川町
新吉原
新堀川
日本堤
奥州街道
鳥越橋
旅籠町
東本願寺
御蔵前通り
御蔵前
御米蔵
首尾の松
小塚原
浅草広小路
浅草寺
山谷町
御厩河岸之渡し
駒形町
新鳥越橋
山谷堀
雷門
浅草駒形堂
花川戸町
聖天町
竹町之渡し
吾妻橋
今戸橋
今戸町
白鬚之渡し
隅田川
源兵衛橋
瓦町
中之郷
水戸藩下屋敷
竹屋之渡し
三囲稲荷
向島墨堤
木母寺
隅田村
北割下水
源森川
小梅村
長命寺
法恩寺橋
横川
業平橋
寺島村
七日市藩下屋敷
押上村

伝馬町
平川町
四谷御門
市谷
赤坂
麹町
赤坂御門
市谷御門
御納戸町
氷川明神
善國寺
若宮八幡宮
溜池
牛込御門
番町
千鳥ヶ淵
半蔵御門
田安御門
虎之御門
西之御丸
清水御門
新シ橋
外桜田御門
雉子橋御門
和田倉御門
江戸城
幸橋
南町奉行所
一橋御門
猿楽町
土橋
北町奉行所
数寄屋橋御門
汐留橋
神田橋御門
駿河台
呉服橋御門
常盤橋御門
鎌倉河岸
三十間堀川
銀座町
竜閑橋
昌平橋
数寄屋町
鍛冶町
筋違御門
木挽町
京橋
一石橋
今川橋
柳森稲荷
西本願寺
弾正橋
室町
内神田
下谷練塀小路
日本橋
雲母橋
組屋敷
楓川
伊勢町
大伝馬町
小伝馬町
亀井町
和泉橋
佐久間河岸
南八丁堀
八丁堀
江戸橋
八丁堀組屋敷
鎧ノ渡し
西堀留川
公事宿巴屋
柳原土手
中之橋
日本橋川
小網町
馬喰町
公事宿巴屋の寮
亀島川
元浜町
緑橋
両国広小路
稲荷橋
一ノ橋
汐見橋
浅草御門
鉄砲洲
高橋
新川
南新堀町
行徳河岸
千鳥橋
浅草橋
佃島
霊巌島
箱崎町
二ノ橋
浜町堀
米沢町
永久橋
箱崎川
薬研堀
柳橋
石川島
両国橋
永代橋
大川
熊井町
新大橋
一ツ目之橋
佐賀町
今川町
上之橋
回向院
大島町
万年橋
御竹蔵
油堀
海辺大工町
六間堀
越中島
富岡橋
高橋
本所
亥ノ口橋
二ツ目之橋
海辺橋
林町
仙台堀
蓬莱橋
富岡八幡宮
五間堀
南割下水
亀久橋
小名木川
霊巌寺
深川
竪川
吉岡橋
三ツ目之橋
木場
土浦藩下屋敷
崎川橋
新高橋
西
北
東
南
0
500m

主な登場人物

日暮左近 元は秩父忍びで、瀕死の重傷を負っているところを公事宿巴屋の主・彦兵衛に救われた。いまは巴屋の出入物吟味人。

彦兵衛 馬喰町にある公事宿巴屋の主。瀕死の重傷を負っていた左近を巴屋の出入物吟味人として雇い、巴屋に持ち込まれる公事の調べに当たってもらっている。

おりん 公事宿巴屋の主・彦兵衛の姪。浅草の油問屋に嫁にいったが夫が亡くなったので、叔父である彦兵衛の元に転がり込み、巴屋の奥を仕切るようになった。

房吉 巴屋の下代。彦兵衛の右腕。

清次 巴屋の下代。

お春 巴屋の婆や。

嘉平 柳森稲荷にある葦簀張りの飲み屋の老亭主。元は、はぐれ忍び。今は抜け忍や忍び崩れの者に秘かに忍び仕事の周旋をしている。

烏坊 秩父忍び。

猿若 秩父忍び。

小平太 秩父忍び。

前田丹後守 金沢藩の支藩七日市藩の藩主。

高岡主水 七日市藩江戸家老。

喜平次 根来のはぐれ忍び。

陣内 丹後守の影武者を務めるはぐれ忍び。

おふみ 陣内の女房。

おたま 陣内の五歳になる一人娘。

仁兵衛 柿ノ木長屋の大家。

良吉 仁兵衛の息子。

白竜斎 加賀忍びの総帥。

影武者

日暮左近事件帖

第一章　物《もの》の怪《け》

一

田畑は月に照らされて銀色に輝き、田舎道の辻にある古木は梢《こずえ》を夜風に鳴らした。

古木の下にある古く小さな祠《ほこら》は、その格子戸を軋《きし》ませた。

不意に笑い声があがった。

男か女かも分からない甲高い笑い声は、夜の田畑に尾を曳《ひ》いて不気味に響き渡った。

江戸湊《みなと》は日差しに煌《きら》めき、千石船《せんごくぶね》は白帆に風を孕《はら》んで行き交っていた。

鉄砲洲《てっぽうず》波除《なみよけ》稲荷の境内には汐風が吹き抜け、赤い幟旗《のぼりばた》が音を立てていた。

公事宿《くじやど》『巴屋《ともえ》』出入物吟味人《でいりものぎんみにん》の日暮左近《ひぐらしさこん》は、鬢《びん》の後れ毛を汐風に揺らしながら眩《まぶ》しげに江戸湊を眺めていた。

誰かが足音を忍ばせて近寄って来る……。

左近は振り返った。

公事宿『巴屋』の下代《げだい》の清次《せいじ》は、振り向いた左近に笑顔を見せながらやって来た。

「気が付かれずに傍《そば》に来ようと思ったんですがね」

清次は残念がった。

「そうか……」

左近は苦笑した。

「で、寮に行ったんですが、いないので此処《ここ》だと思いましてね」

「どうした……」

「旦那が来ていただきたいと……」

清次は、訪れた用件を告げた。

「心得た」

左近は、迎えに来た清次と共に日本橋馬喰町《にほんばしばくろちょう》の公事宿『巴屋』に向かった。

日本橋馬喰町の通りは、東の両国《りょうごく》広小路から西の外濠迄《そとぼりまで》を結び、多くの人が行き交っていた。

左近は、小さな煙草《たばこ》屋の縁台《えんだい》でお喋りをしている婆やのお春《はる》、御隠居、妾《めかけ》たちに目礼し、清次と隣の公事宿『巴屋』の暖簾《のれん》を潜った。

公事宿『巴屋』主《あるじ》の彦兵衛《ひこべえ》は、既に公事訴訟を終えて依頼人と役所から戻っており、左近を仕事部屋に通した。

「わざわざすみませんね……」

彦兵衛は、左近に茶を淹《い》れて差し出した。

「いえ。戴《いただ》きます」

左近は茶を飲んだ。

「して、何か……」

左近は、湯呑茶碗を置いて彦兵衛を見た。

「昨日、知り合いの本所押上《ほんじょおしあげ》村の大百姓、吉次郎《きちじろう》さんが見えましてね……」

彦兵衛は話し始めた。

「本所押上村の吉次郎さん……」

本所押上村は本所竪川《たてかわ》と交差している横川《よこかわ》から東にあり、周囲には寺や大名家の江戸下屋敷が多くあった。

「ええ。で、その押上村や隣の柳島《やなぎしま》村界隈《かいわい》に物の怪《もののけ》らしいものがいるとか……」

彦兵衛は眉をひそめた。

「物の怪……」

左近は、思わず訊《き》き返した。

〝物の怪〟とは、死霊、生霊などのことを云う。

「はい……」

彦兵衛は頷《うなず》いた。

「そうですか、物の怪ですか。して、どのような物の怪なのですか……」

左近は尋ねた。

「吉次郎さんの話では、物の怪は人に取り憑《つ》き、取り憑かれた者は、人柄が変わり、寝込んだり暴れたりするとか……」

彦兵衛は、厳しい面持《おもも》ちで告げた。

「人に取り憑き、その人柄を変える物の怪ですか……」

左近は眉をひそめた。

「ええ。で、このままでは物の怪に取り憑かれ、人を襲ったり殺す者も現れるかもしれないと……」

「役人に訴えたのですか……」

「左近さん、ご存知のようにお役人は、襲ったり殺したりしない限りは……」

「動きませんか……」

左近は苦笑した。

「ええ。で、吉次郎さんが困り果てましてね。どうです、ちょいと調べて貰《もら》えますか……」

「物の怪ですか……」

「ええ……」

「面白そうですね」

左近は、楽しげに云い放った。

本所竪川は大川《おおかわ》から東に流れ、南北に流れている横川や横十間堀《よこじっけんぼり》と交差している。

押上村は、横川沿いにある法恩寺《ほうおんじ》の北東側に広がっていた。そして、周囲には寺や大名家の下屋敷が多くあった。

左近は、横川に架かっている法恩寺橋の袂《たもと》から法恩寺の山門前を進んだ。そして、東に進み、柳島町の道を北に曲がった。

柳島村から押上村……。

柳島町の道を北に曲がった先に、柳島村があり、押上村があった。

左近は、『押上村』と書かれた古い道標の傍に佇《たたず》み、何処《どこ》までも続く田畑と点在する寺や百姓家《ひやくしようや》を眺めた。

田畑は微風に揺れて煌めき、野良仕事に励む百姓たちの姿が見えた。

長閑《のどか》な村に物の怪か……。

左近は苦笑した。


柳島町の小さな一膳飯屋は、古びた暖簾を微風に揺らしていた。

「邪魔をする……」

左近は、小さな一膳飯屋に入った。

「おいでなさい……」

初老の亭主は、左近を迎えた。

小さな一膳飯屋に客はいなかった。

「酒を貰おうか……」

左近は、酒を注文して店の奥に座った。

「お待ちどお……」

亭主が酒を持って来た。

「うん……」

左近は、手酌で酒を飲み始めた。

「亭主、この界隈では、物の怪が現れ、人に取り憑くそうだな」

左近は、酒を飲みながら亭主に尋ねた。

「お侍さんも、物の怪ですかい……」

亭主は苦笑した。

「私の他にも誰か訊きに来たのか……」

左近は訊いた。

「ええ。浪人さんが二人……」

「浪人が二人か……」

「物の怪に取り憑かれた者を捕らえ、取り憑いている物の怪を追い出してやると、勇んで押上村に行きましたよ」

亭主は、嘲《あざけ》りを滲《にじ》ませた。

「そうか。ならば、物の怪に取り憑かれた者が現れるのは夜か……」

左近は尋ねた。

「ええ。人か獣か分からない、気味の悪い笑い声が響き、人とは思えぬ勢いで走り廻る者が現れるそうですぜ」

亭主は眉をひそめた。

「そいつが、物の怪に取り憑かれた者か……」

左近は知った。

「ええ。で、一晩中駆けずり廻ってばったり倒れ、正気を失って寝込んでしまうとか。恐ろしい話ですよ」

亭主は、恐ろしそうに身震いした。

「うん。それにしても、何処で物の怪に取り憑かれるのかな……」

左近は、首を捻《ひね》った。

「ええ。押上村にある了徳寺《りようとくじ》の純徳《じゆんとく》和尚も物の怪退散の祈禱《きとう》をし、御札《おふだ》を授けているのですが、何処で取り憑かれるのか……」

亭主は、吐息混じりに苦笑した。

「何処で取り憑かれるか分からないか……」

「ええ……」

亭主は頷いた。

「物の怪退散の祈禱をしてくれて御札をくれるのは、了徳寺の純徳和尚だったな」

左近は念を押した。

「ええ。お侍、相手は物の怪。下手な手出しはしない方が良いですぜ」

亭主は心配した。

「うむ……」

左近は微笑《ほほえ》んだ。

雑木林に囲まれた了徳寺は、夕陽に赤く照らされていた。

左近は、田畑越しに了徳寺を眺めた。

了徳寺からは、住職の純徳の読む経が響いていた。

誰かに物の怪退散の祈禱をし、御札を授けているのかもしれない。
左近は、押上村の田畑を眺めた。
夕陽は静かに沈み、押上村の田畑には大禍時《おおまがとき》が訪れた。
今夜も物の怪に取り憑かれた者が現れるのか……。
左近は眉をひそめた。
押上村は、大禍時の青黒さに覆われていった。
刻《とき》は過ぎた。
押上村は眠りに沈んでいた。
月明かりを浴びた田畑には、虫の音が満ち溢《あふ》れていた。
不意に笑い声が夜空に響き渡った。
左近は、思わず身構えた。
笑い声は甲高く、男か女かも分からない不気味なものだった。
虫の音が止んだ。
不気味な笑い声は続いた。
左近は、田舎道の辻の古木の陰から田畑を見廻し、不気味な笑い声の出処を見定めようとした。
男の悲鳴のような雄叫《おたけ》びが響いた。
物の怪に取り憑かれた者……。
左近は睨《にら》んだ。
不気味な笑い声は消えた。
左近は、男の悲鳴のような雄叫びに向かって走った。
男は寝間着の前を大きく開け、髷《まげ》を崩して裸足で田舎道を駆け廻っていた。
虚《うつ》ろな眼を吊り上げ、疲れを感じさせない悲鳴のような雄叫びをあげていた。
物の怪に操られている……。
左近は睨んだ。
物の怪に取り憑かれた男は、悲鳴のような雄叫びをあげて駆け廻り続けた。
二人の浪人が田舎道に現れた。
一膳飯屋の亭主が云っていた者たちだ。
左近は見守った。
二人の浪人は、雄叫びをあげて駆け廻る男の行く手に立ちはだかった。

男は雄叫びを止める事もなく、二人の浪人とぶつかった。

男は手を振り廻し、雄叫びをあげて駆け抜けた。

浪人の一人が崩れるように倒れた。

「桑原《くわはら》、おい、どうした、桑原……」

残る浪人が驚き、倒れた浪人に駆け寄った。

倒れた浪人は、驚いたように眼を瞠《みは》り、首から血を流して死んでいた。

左近は、物の怪に取り憑かれた男を追った。

物の怪に取り憑かれた男は、擦れ違い様に何らかの手立てで浪人の首の血脈《けつみゃく》を断ち斬ったのか……。

左近はさらに、物の怪に取り憑かれた男を追った。

物の怪に取り憑かれた男は、押上村の田舎道を駆け廻り、雑木林の陰に入った。

左近は、追って雑木林の陰に入ろうとした。

刹那《せつな》、鋭い殺気が襲った。

左近は大きく跳び退き、身を潜めて辺りの気配を窺《うかが》った。

消えた……。

左近は、襲いかかった殺気が消えているのに気が付き、田舎道を見た。

物の怪に取り憑かれた男の姿は、既に田舎道になかった。

殺気は、物の怪に取り憑かれた男を追うのを止めさせるものだった。

何者の殺気だ……。

左近は、物の怪騒ぎの背後に何者かが潜んでいるのに気が付いた。

雑木林に虫の音が湧き、溢れた。

左近は、雑木林の奥に了徳寺の横手の土塀が続いているのに気が付いた。

いつの間にか物の怪に取り憑かれた男の雄叫びと、不気味な笑い声は消えていた。

今夜は此《こ》れ迄か……。

左近は苦笑した。

夜の押上村に虫の音は満ち溢れた。

物の怪に取り憑かれた男と擦れ違って死んだ浪人は、首の血脈を鋭く斬り裂かれていた。

物の怪に取り憑かれた男は、その手に得物《えもの》は何も持っていなかった筈《はず》だ。

ならば何故……。

左近は読んだ。

殺気を放った者……。

左近は、物の怪に取り憑かれた男の追跡を殺気を放つことで邪魔したのだと睨んだ。

邪魔した者は闇に潜み、物の怪に取り憑かれた男が浪人とぶつかる寸前、手裏剣を放った。そして、浪人の首の血脈を刎《は》ね斬って殺したのだ。

そんな真似が出来るのは……。

左近は読んだ。

手練《てだ》れの忍び……。

左近は、手裏剣で浪人の首の血脈を斬り裂き、殺気を放った者を忍びの者だと睨んだ。

どうやら、物の怪騒ぎの背後には、何処かの忍びの者が潜んでいるようだ。

忍びの者が潜んでいるなら、物の怪が取り憑く絡繰《からく》りも容易に説明が出来る。

左近は苦笑した。

だが、何故だ……。

忍びの者が動くのは、それなりの理由があっての事だ。

それが金目当てであっても……。

左近は、想いを巡らせた。

神田川《かんだがわ》の流れは煌めいた。

柳原《やなぎわら》通りの柳並木は、微風に枝葉を揃って揺らしていた。

左近は、神田川沿いの柳原通りを進み、柳森稲荷《やなぎもり》に入った。

柳森稲荷の鳥居前の空き地には、七味唐辛子売り、古道具屋、古着屋などの露店が並び、奥に葦簀《よしず》張りの飲み屋があった。

左近は、葦簀張りの飲み屋に入った。

「おう。珍しいな……」

葦簀張りの飲み屋の亭主の嘉平《かへい》は、訪れた左近を笑顔で迎えた。

「変わりはないようだな……」

左近は笑った。

「ああ。相変わらずだ。下《くだ》り酒だ」

嘉平は、湯呑茶碗に酒を満たして左近に差し出した。

「うむ……」

左近は、湯呑茶碗の酒を飲んだ。

「で……」

嘉平は、左近を促した。

「押上村の物の怪騒ぎ、知っているか……」

左近は、嘉平を見詰めた。

「噂だけはな……」

嘉平は頷いた。

「何処の忍びだ……」

「そこ迄は分からねえ……」

「ならば、催眠の術を使う忍びに心当たりはあるか……」

左近は、嘉平を見据えた。

「催眠の術で人を操り、物の怪の仕業に見せ掛けているか……」

嘉平は読んだ。

「ああ。どうなのだ……」

「催眠の術を使う忍びに心当たり、ない事はないが、此奴《こいつ》は忍びの者より、修験《しゅげん》者《じゃ》かもな」

「修験者……」

左近は眉をひそめた。

「ああ。叡山《えいざん》、高野山《こうやさん》、羽黒山《はぐろさん》なんかの修験者だ。催眠の術は忍びの者より修験者の方が長《た》けているからな」

嘉平は告げた。

「うむ……」

左近は頷いた。

「ま、忍びにしろ、修験者にしろ、物の怪騒ぎを起こしたのには、何らかの理由がある筈だ。そいつが何かだな……」

嘉平は眉をひそめた。

「押上村の界隈には大名の下屋敷が多くある。その辺りに拘《かか》わりがあるかもな……」

左近は読んだ。

「成《な》る程《ほど》。よし、その辺りをちょいと探ってみるか……」

嘉平は頷いた。

左近は、湯呑茶碗の酒を飲んだ。

「頼む……」

忍びの者か修験者……。

左近は、押上村に戻った。

昨夜、物の怪に取り憑かれて駆け廻った男は、村の百姓であり、家の裏で気を失って倒れていたところを発見されていた。

男は満身創痍《そうい》で衰弱し、意識を失ったまま眠り続けていた。

家の者は、男は不気味な甲高い笑い声が響き渡った直後、半狂乱になって家から跳び出して行ったと話した。

村の者たちは、男が物の怪に取り憑かれて弄《もてあそ》ばれたと、恐ろしそうに囁《ささや》き合った。

不気味な笑い声の直後……。

左近は、物の怪に取り憑かれた男を洗った。

男は、野良仕事に精を出している百姓に過ぎず、取り立てて変わった事をしている訳ではない。唯一、いつもと違っていた事は、物の怪に取り憑かれるのを恐れ、了徳寺に物の怪退散の祈禱を受けて御札を貰いに行っていたぐらいだった。

物の怪退散の祈禱……。

祈禱するのは、了徳寺住職の純徳……。

左近は、了徳寺に向かった。


了徳寺は小さな雑木林に囲まれており、横手の道は、物の怪に取り憑かれた男が駆け去り、左近が殺気を覚えた処《ところ》だった。

左近は、雑木林に囲まれた了徳寺を窺った。

了徳寺からは経が響いていた。

左近は、了徳寺の山門に廻った。

了徳寺は、物の怪に取り憑かれた男が現れた翌日のせいか、物の怪退散の祈禱を願う者が訪れていた。

左近は、了徳寺の山門を潜った。


了徳寺の本堂から祈禱の経が響き、境内には祈禱の順番を待つ者たちがいた。

順番を待つ者は、村人たちの他に大名家江戸下屋敷の家来や奉公人もいた。

左近は、祈禱の経を聞きながら本堂の裏手に向かった。

本堂の横手の明かり取りの窓が開いていた。

左近は、明かり取りの窓を覗《のぞ》いた。

本堂に護摩壇《ごまだん》が焚《た》かれ、中年の坊主が依頼人の村人を従え、一心不乱《いっしんふらん》に経を読んでいた。

住職の純徳……。

左近は、中年の坊主を純徳と見定めた。

足音がした。

左近は、素早く裏手に進んだ。

二

了徳寺の裏手には、土塀に囲まれた小さな墓地があった。

左近は、墓地を眺めた。

墓地は余り手入れがされていなく、所々に雑草が生えて伸びていた。

左近は苦笑した。

「あの、何か……」

背後に人の気配がした。

左近は振り返った。

若い寺男がいた。

「おぬしは……」

左近は訊き返した。

「当寺の寺男の藤七《とうしち》と申す者ですが……」

若い寺男は名乗った。

「それは失礼した。物の怪退散の祈禱を受け、御札を貰おうと参ったのだが、大分、待たねばならぬようだ」

左近は笑った。

「それは、お気の毒に。何分にも多くの方がお待ちでして……」

寺男の藤七は、気の毒そうに頷いた。

「それで、了徳寺を見物させて貰っていた」

「そうですか……」

「では、邪魔をしたな……」

左近は、墓地から境内に向かった。

藤七は、頭を下げて見送った。

左近は、背中に藤七の視線を感じ、素早く振り返った。

藤七は、笑顔で会釈した。

左近は苦笑した。


了徳寺の住職の純徳と寺男の藤七は、物の怪と何らかの拘わりがあるかもしれない……。

左近は、出て来た了徳寺の山門を振り返った。

祈禱を受け、御札を貰った村人は嬉しげに山門から現れ、帰って行った。

祈禱と御札で高額のお布施を受け取っているのなら、坊主の純徳は物の怪騒ぎでかなりの金を稼いでいる筈だ。

物の怪騒ぎは、金が狙いの企《くわだ》てなのかもしれない。

見定める……。

左近は、了徳寺の住職の純徳と寺男の藤七を見張ることにした。

陽は西に大きく傾いた。

祈禱の時は終わり、了徳寺は静けさに覆われた。

僅《わず》かな刻が過ぎ、住職の純徳が寺男の藤七に見送られて山門から出て来た。

「では、留守をな……」

「はい。お気を付けて……」

純徳は、藤七に見送られて横川に向かった。

何処に行く……。

左近は、田畑の中を純徳を追った。


横川に出た純徳は、北に進んだ。

左近は追った。

純徳の足取りは落ち着いており、警戒している様子は窺えなかった。

それは、油断のない足取りとも云えた。

左近は、慎重に尾行《つけ》た。

純徳は横川沿いを進み、業平《なりひら》橋を西に渡った。

行き先は北本所か、それとも隅田川《すみだがわ》に架かっている吾妻橋《あずまばし》を渡って浅草《あさくさ》か……。

左近は読み、尾行た。

隅田川は吾妻橋を過ぎ、江戸湊迄の流れを大川と呼ばれている。

純徳は、北本所の町を抜けて吾妻橋に進んだ。

それから何処に行く……。

左近は、純徳を追い続けた。

純徳は、吾妻橋を渡って浅草広小路に進んだ。

浅草広小路は、金竜山浅草寺《きんりゅうざんせんそうじ》の参拝客や見物客で賑《にぎ》わっていた。

純徳は賑わいを進み、浅草寺雷門《かみなりもん》の傍の茶店に入った。

左近は、一気に距離を詰めて茶店の店内を窺った。

茶店の広い店内には幾つもの縁台が並べられ、大勢の客が茶を飲み、団子や餅を食べていた。

左近は、店内に純徳を捜した。

純徳は、店の奥で羽織袴《はおりはかま》の武士と逢っていた。

羽織袴の武士は何者だ……。

左近は、茶店に入って怪しまれない距離迄近付き、縁台に腰掛けて店の者に茶を頼んだ。

純徳と羽織袴の武士は、何事か小声で話し合っていた。

左近は、耳を研ぎ澄ませた。

「そうか、祈禱はしたか……」

羽織袴の武士は苦笑交じりに尋ねた。

「うむ。それ故、いつでも良い……」

純徳は頷いた。

「明後日だ……」

羽織袴の武士は告げた。

「明後日……」

「如何《いか》にも……」

「明後日に間違いないな……」

純徳は念を押した。

「うむ……」

数人の参拝客が、賑やかに入って来た。
純徳と羽織袴の武士は、言葉を途切らせて茶を飲んだ。
此れ迄だ……。
左近は、茶を飲んで茶店を出た。
茶店は賑わった。

祈禱をした者が明後日、何かをする……。
左近は、純徳と羽織袴の武士の途切れ途切れの会話からそう読んだ。
何かをするとは何か……。
羽織袴の武士は何者なのか……。
左近は、行き交う人々越しに茶店を見張った。
僅かな刻が過ぎた。
茶店から純徳が出て来た。
左近は見守った。
純徳は、浅草広小路の雑踏を吾妻橋に向かった。
おそらく押上村の了徳寺に帰る……。

左近は、純徳を追わず、羽織袴の武士を追って何処の誰か突き止める事にした。
羽織袴の武士が茶店から出て来た。
左近は、羽織袴の武士を見詰めた。
羽織袴の武士は、雑踏を吾妻橋に行く純徳を見送り、踵《きびす》を返して西に向かった。
左近は、行き交う人に紛れて尾行《つけ》た。
羽織袴の武士は、東本願寺《ひがしほんがんじ》前から新寺町《しんてらまち》の通りに向かった。
左近は追った。
羽織袴の武士は、新寺町の通りから山下《やました》に進んだ。
行き先は下谷《したや》広小路か……。
左近は、羽織袴の武士の行き先を読んだ。
下谷広小路は、東叡山寛永寺《とうえいざんかんえいじ》と不忍池弁財天《しのばずのいけべんざいてん》の参拝客で賑わっていた。
羽織袴の武士は、下谷広小路を横切って不忍池の畔《ほとり》を西に向かった。
左近は尾行た。

羽織袴の武士は、本郷《ほんごう》の通りに抜けて北に進んだ。そして、加賀《かが》国金沢《かなざわ》藩江戸上屋敷に入った。

加賀国金沢藩江戸上屋敷……。

純徳と逢った羽織袴の武士は、金沢藩の家臣だった。

左近は見定め、その名を突き止める手立てを探した。

表門から中間《ちゅうげん》が現れ、掃除を始めた。

よし……。

左近は、掃除をする中間に近付いた。

「つかぬ事を尋ねるが、今し方、入った方は犬飼健四郎《いぬかいけんしろう》どのかな……」

左近は、中間に尋ねた。

「いいえ。違いますよ」

中間は、怪訝《けげん》な面持ちで左近を見た。

「そうか。犬飼どのではないか……」

左近は、中間に一朱銀《いっしゅぎん》を素早く握らせた。

「は、はい。あの方は望月小五郎《もちづきこごろう》さまです」

中間は、一朱銀を握り締めた。

「望月小五郎……」

「はい。当藩のお目付《めつけ》にございます」

中間は囁いた。

「そうか。犬飼どのではなかったか。造作《ぞうさ》を掛けたな」

左近は笑った。

金沢藩目付望月小五郎……。

左近は知った。

了徳寺住職純徳は、金沢藩目付の望月小五郎と逢っていた。

加賀国金沢藩百万石《ごく》が、押上村の小さな古寺の住職とどのような拘わりがあるというのだ。

よし……。

左近は、金沢藩江戸上屋敷を離れ、本所押上村に向かった。

押上村の了徳寺の本堂からは、住職純徳の読む経が洩《も》れて来ていた。

住職の純徳は、浅草で金沢藩目付の望月小五郎と逢った後、真っ直ぐ了徳寺に帰って来たようだ。
左近は見定めた。
微風は田畑の緑を揺らし、陽は大きく沈み始めた。
今夜も物の怪に取り憑かれた者は、現れるのか……。
左近は、了徳寺の住職純徳と寺男の藤七を見張る事にした。

夜、押上村には、月の光と虫の鳴き声が満ち溢れた。
純徳と藤七は、訪れる者もいない了徳寺で夜を過ごしていた。
物の怪に取り憑かれた者が現れる前には、不気味な笑い声が夜空に響く。
だが、不気味な笑い声は響かず、物の怪に取り憑かれた者も現れなかった。
夜の押上村には何事もなく、平穏な朝を迎えた。
純徳と藤七は、了徳寺から一歩も出る事はなかった。
左近は見定めた。
純徳は本堂で朝のお勤めを、藤七は井戸端で朝餉《あさげ》の仕度を始めた。
純徳と望月小五郎の話していた〝明後日〟は、〝明日〟になった。
明日、何をする気なのか……。

風が吹き抜け、田畑の緑が揺れた。

押上村の何処かで何かが起ころうとしているのだ。

左近の勘が囁いた。


神田川沿いの柳原通りは、両国広小路と神田八つ小路を結んでいる。

柳森稲荷の葦簀張りの飲み屋では、仕事に溢《あぶ》れた人足たちが安酒を飲んでいた。

左近は、葦簀張りの飲み屋を訪れた。

「おう……」

嘉平は、左近を迎えた。

「何か分かったか……」

「今、江戸にいるはぐれ忍びに催眠の術を使う忍びはいない……」

嘉平が告げた。

「ならば、修験者か……」

左近は読んだ。

「おそらくな……」

嘉平は、厳しい面持ちで頷いた。

修験者となると、流石《さすが》の嘉平も知っている事は少ない。

「そうか……」

左近は頷いた。

「ところで押上村には、上野国《こうずけ》七日市《なのかいち》藩の江戸下屋敷があるな……」

嘉平は、左近に茶碗酒を差し出した。

「上野国七日市藩江戸下屋敷……」

左近は、聞き慣れない大名家の名に眉をひそめた。

「うむ。一万石の外様《とざま》でな。江戸上屋敷は半蔵《はんぞう》御門外にある」

「その七日市藩が物の怪騒ぎに拘わりありそうなのか……」

「物の怪騒ぎに拘わりがあるかどうかは分からないが、押上村界隈で妙な噂がある大名家はその七日市藩だけだ……」

「妙な噂……」

左近は、微《かす》かな緊張を滲ませた。

「ああ……」

嘉平は頷いた。

「どんな噂だ……」

「殿さまを代えようって噂だ」

嘉平は、事も無げに云い放った。

「殿さまを代える……」

左近は戸惑った。

「ああ。仔細《しさい》は分からないが、そんな噂があるそうだ」

「上野国七日市藩か……」

「藩主は前田《まえだ》丹後守《たんごのかみ》って殿さまだ」

「前田……」

左近は眉をひそめた。

「ああ……」

「金沢藩の前田家と拘わりあるのか……」

「ああ。初代藩主の前田利孝《としたか》は前田利家《としいえ》の四男だそうだ」

「前田利家の四男。ならば、七日市藩は金沢藩の支藩なのか……」

「ああ。そうなるな……」

嘉平は頷いた。

上野国七日市藩は金沢藩と拘わりがあり、押上村に江戸下屋敷がある。

そして、押上村の小さな古寺の了徳寺住職の純徳は、金沢藩目付の望月小五郎と何らかの繋《つな》がりがあった。

「そうか……」

「何か心当たり、あるのか……」

嘉平は眉をひそめた。

「ああ……」

左近は、了徳寺住職の純徳と金沢藩目付の望月小五郎が通じている事を告げた。

「成る程。その辺りかな……」

嘉平は笑った。

「となると、明日、七日市藩の江戸下屋敷で何かがある……」

左近は読んだ。

「よし。金沢藩と七日市藩に何が潜んでいるのか、ちょいと探らせてみるか……」

嘉平は、面白そうに笑った。

「ああ。だが、相手は金沢藩だ。充分に気を付けてな」

「心得た……」

「さあて、鬼が出るか、蛇が出るか……」

左近は、不敵な笑みを浮かべた。


上野国七日市藩江戸下屋敷は、横川沿い法恩寺の東隣、押上村の一角にあった。

左近は、七日市藩江戸下屋敷を眺めた。

明日、此の下屋敷で何かが起こるのかもしれない。

もしそうなら、それは何か……。

左近は、想いを巡らせた。

そして、それは物の怪騒ぎとどんな拘わりがあるのか……。

嘉平の話では、七日市藩の殿さまを代えようとしている噂がある。

それから読むと、殿さまの丹後守に物の怪を取り憑かせて暴れさせ、乱心者《らんしんもの》として始末する企てなのかもしれない。

左近は読んだ。

だが、殿さまは江戸上屋敷におり、下屋敷には滅多に現れない。

明日、七日市藩藩主の前田丹後守は此の下屋敷に来るのか……。

先《ま》ずは、そいつを見定める。

左近は決めた。

七日市藩江戸下屋敷は、田畑の緑に囲まれて静寂に覆われていた。

大名家の江戸下屋敷は別荘的な役割であり、詰めている留守番の家臣は少なかった。

七日市藩のような小藩は特に少なく、留守番頭《るすばんがしら》の富田宗兵衛《とみたそうべえ》以下五人の家臣と僅かな人数の中間小者《ちゅうげんこもの》たちがいた。

左近は、横手の土塀《どべい》から七日市藩江戸下屋敷に忍び込んだ。

下屋敷内の警戒は緩く、左近にとってはないも同然だった。

左近は、表御殿に忍び込んだ。そして、留守番頭の富田宗兵衛の用部屋を探した。

奥の一室に留守番の家臣たちが出入りしていた。

左近は、奥の一室に忍び寄った。

奥の一室では、中年の家臣が若い家臣と何事か打ち合わせをしていた。

中年の家臣が下屋敷留守番頭の富田宗兵衛か……。

左近は見定め、用部屋の隣の無人の座敷に忍び込み、中年の家臣と若い家臣の話の盗み聞きを始めた。

「で、島本《しまもと》、明日の仕度に抜かりはないだろうな」

「はい。酒も今日中に運び込まれ、料理は明日の朝、亀戸《かめいど》天神門前の料理屋の板前たちが参って作る手筈《てはず》になっております」

島本と呼ばれた家臣は告げた。

「そうか。深川《ふかがわ》の芸者衆も呼んだ。何分にも殿は我儘《わがまま》で気紛れな御方。何事にも抜かりなく、仕度をしておくのだぞ」

「はい。富田さまの仰せの通りに仕度をしてあります」

中年の家臣は、やはり留守番頭の富田宗兵衛だった。

「うむ。それにしても、藤《ふじ》の花の季節でもないのに、亀戸天神に参拝するなどと云い出し、迷惑な話だ……」

留守番頭の富田宗兵衛は、溜息混じりにぼやいた。

明日、七日市藩藩主前田丹後守は亀戸天神に参拝した後、下屋敷にやって来るのだ。

左近は知った。

「それにしても富田さま、明日の夜、物の怪が現れなければ宜《よろ》しいのですが……」

島本は心配した。

「如何にも。殿は腕自慢。物の怪が現れ、退治してやるなどと云い出すと、面倒なだけだ」

富田は眉をひそめた。

「はい。それに物の怪に取り憑かれた者が暴れ込まぬとも限りませぬ」

「うむ。島本、下屋敷の者共《ものども》に、明日の警護は厳しく致せとな……」

「はい。心得ております」

「うむ。して、島本、その方、物の怪退散の祈禱は受けたのか……」

富田は尋ねた。

「はい。それはもう。いただいた御札を肌身離さず持ち歩いております」

島本は、胸を叩いて笑った。

「そうか……」

富田は、満足げに頷いた。

七日市藩江戸下屋敷留守番頭富田宗兵衛は、藩主前田丹後守来訪の時、物の怪が現れるのを恐れていた。

左近は苦笑した。

三

左近は、七日市藩江戸下屋敷を忍び出た。

七日市藩江戸下屋敷は、明日の藩主前田丹後守来訪に備えての仕度を始めた。

左近は見定め、了徳寺に向かった。

了徳寺には物の怪退散の祈禱を受けに来た者たちが並び、住職の純徳は護摩壇に向かって一心不乱に経を読んでいた。

寺男の藤七は、祈禱を受けに来た者の世話に忙しかった。

いつも通りだ……。

左近は見定めた。

祈禱を受け、御札を貰ったからといって物の怪に取り憑かれないとは限らない。

今迄に物の怪に取り憑かれた者たちは、純徳の祈禱を受けて御札を受けていた。

しかし、祈禱を受けて御札を受けた者の殆《ほとん》どは、物の怪に取り憑かれる事もなく平穏に暮らしているのだ。

人々は、それを頼りに祈禱を受け、御札を貰いに来ていた。

純徳と藤七は只《ただ》の坊主と寺男なのか、それとも修験者なのか……。

左近は、見定めようとした。

寺男の藤七は、祈禱を受けに来た者たちの世話をし、庫裏《くり》に戻った。

左近は、了徳寺の裏に廻って庫裏の奥の廊下に忍び込んだ。

庫裏の奥の廊下は薄暗かった。

左近は忍び込み、庫裏に戻って来た藤七を見守った。

藤七は、囲炉裏《いろり》端に座って台所仕事を始めた。

変わった処はない……。

左近は、廊下の暗がりに忍び、囲炉裏端の藤七の背に向かって微かな殺気を放った。

藤七は、台所仕事の手を止めた。

刹那、左近は殺気を消した。

藤七は、振り返る事もなく台所仕事の手を動かし始めた。

左近は、廊下の暗がりから庫裏の裏に音もなく出た。


藤七は、左近の放った一瞬の微かな殺気に反応した。だが、微かな殺気が一瞬で消えたので、気のせいだと思ったのかもしれない。

何《いず》れにしろ、寺男の藤七は只の寺男ではなく、修験者に拘わりのある者なのだ。

となると、住職の純徳も修験者とみるべきなのだ。

左近は見定め、読んだ。

修験者である純徳は、或《あ》る者に催眠の術を掛け、後で暗示を与え催眠状態に陥らせて意のままに操り、物の怪に取り憑かれたように見せ掛けている。

そして、催眠の術は、物の怪退散の祈禱の時に掛けているのだ。

狙いは、祈禱と御札の高額な礼金を荒稼ぎする事にある。

左近は睨んだ。

そして、純徳は金沢藩目付の望月小五郎と明日何かをし、多額の礼金を受け取ろうとしているのかもしれない。

明日の何かとは、七日市藩の殿さまを代える事なのか……。

おそらく純徳と藤七は、それ迄は下手には動かない筈だ。

左近は見定め、了徳寺の山門を出た。


誰かが尾行《つけ》て来る……。

左近は、了徳寺の山門を出た時から尾行て来る者がいるのに気が付いた。

尾行ては来るが殺気はない……。

左近は、尾行て来る者を読み、亀戸天神の境内に進んだ。

尾行者は続いて来た。


亀戸天神は参拝客で賑わっていた。

左近は、太鼓橋《たいこ》の袂に佇んだ。

「住職の純徳、ありゃあ修験者だな……」

嘉平が背後から現れ、左近に並んだ。

「そうか……」

「ああ……」

嘉平は頷いた。

「それを見定めに柳森の巣からわざわざ出て来たか……」

左近は苦笑した。

「まあな。それから金沢藩、末の若さまの養子先や婿入り先がなく、落ち着き先を探している……」

「末の若さまの落ち着き先……」

左近は眉をひそめた。

「ああ。だが、此の末の若さまってのが、出来が悪いそうでな。落ち着き先がなかなか見付からない。そこで……」

「金沢藩としては、遠戚の末になる七日市藩に狙いを付けたか……」

左近は読んだ。

「ああ。だが、七日市藩の殿さまに身を引く謂《いわ》れはない」

嘉平は笑った。

「そこで物の怪の出番か……」

左近は睨んだ。

「ああ。物の怪に取り憑かれた者を暴れさせ、その騒ぎに乗じて闇討ちするか

「……」

「うむ……」

左近は頷いた。

金沢藩目付の望月小五郎は、純徳に物の怪取り憑きの騒ぎを起こさせて前田丹後守の命を奪い、金沢藩の末の若さまを大藩の力で押し付ける企てなのだ。

「ま、そんなところか……」

嘉平は苦笑した。

「ああ……」

「で、どうする……」

「大名同士の遣《や》り取り、口出しをする気はないが、その為に町方の者を巻き込んでの物の怪騒ぎの荒稼ぎなら放ってはおけぬ」

左近は笑った。

「じゃあ……」

「事の次第を見届け、物の怪騒ぎを始末する」

左近は、不敵に云い放った。

魚が跳ねたのか、亀戸天神の池に波紋が広がった。

その夜、不気味な笑い声は響かず、物の怪に取り憑かれた者は現れなかった。

〝明後日〟になった。

七日市藩江戸下屋敷は、朝から緊張を漲《みなぎ》らせていた。

留守番頭の富田宗兵衛たち僅かな家臣は、藩主前田丹後守を迎える仕度に忙しかった。

前田丹後守は、昼過ぎに亀戸天神を参拝し、夕暮れには押上村の七日市藩江戸下屋敷に入る。

そして、深川芸者を呼んでの酒宴を楽しんで一泊する手筈なのだ。

富田と島本たちは、緊張感を持って仕度を急いでいた。

左近は、七日市藩江戸下屋敷から了徳寺に向かった。

了徳寺は山門を閉めていた。

左近は、土塀を跳び越えて了徳寺の境内に忍び込んだ。

境内は静寂に満ち、本堂や庫裏はしっかりと戸締りがされていた。

住職の純徳と寺男の藤七は、既に動き始めているのか……。

左近は、裏手に廻って方丈《ほうじょう》に忍び込んだ。

方丈の座敷や廊下に人の気配は窺えない……。

左近は、了徳寺の本堂、方丈、庫裏などの何処にも住職の純徳と寺男の藤七がいないのを見定めた。

純徳と藤七は、何処に行ったのか……。

左近は、想いを巡らせた。

既に半蔵御門外の七日市藩江戸上屋敷から亀戸天神に向かっている前田丹後守に張り付いているのか……。

左近は読んだ。

やはり、物の怪騒ぎを起こし、その混乱に乗じて闇討ちを仕掛ける魂胆《こんたん》なのかもしれない。

左近は睨み、亀戸天神に急いだ。

亀戸天神は、見物を兼ねた参拝客で賑わっていた。

七日市藩藩主の前田丹後守は、未だ亀戸天神に来てはいなかった。

左近は、境内に純徳と藤七を捜した。
純徳と藤七の姿は見えなかったが、金沢藩目付の望月小五郎がいた。
望月小五郎は、純徳や藤七と繋ぎを取る。
左近は読み、望月小五郎を見張った。
望月小五郎は、境内の隅にある茶店で茶を飲み始めた。
刻《とき》が過ぎた。
浪人が現れ、茶店の縁台で茶を飲む望月の隣に腰掛けた。
浪人は、寺男の藤七だった。
藤七は、望月に何事かを囁いた。
望月は、冷笑を浮かべて頷いた。
純徳は、何処にいるのだ……。
左近は、辺りを窺った。
だが、純徳は何処に潜んでいるのか、その姿は見えなかった。
参拝客の間に小さな騒《ざわ》めきが起きた。
七日市藩藩主の前田丹後守一行が、亀戸天神の禰宜《ねぎ》たちに誘われて現れた。
左近は見守った。

望月と藤七は、冷笑を浮かべて前田丹後守一行を眺めた。
前田丹後守一行は、禰宜たちに誘われて本殿に入って行った。
望月と藤七は、七日市藩藩主の前田丹後守を監視下に置いている。
左近は読んだ。
宮司の読む祝詞《のりと》が本殿から聞こえてきた。
純徳は仕掛けるのか……。
左近は、望月と藤七を見張った。
亀戸天神の境内は賑わった。

刻が過ぎ、陽は西に傾いた。
前田丹後守一行は、宮司や禰宜に見送られて社殿の奥から出て来た。
左近は、望月と藤七を窺った。
望月と藤七は、前田丹後守一行を追った。
左近は続いた。

前田丹後守一行は、横十間川に架かっている天神橋《てんじん》を渡り、七日市藩江戸下屋敷に向かった。

望月小五郎と藤七は追った。

前田丹後守一行は、法恩寺の手前の道を北に曲がり、七日市藩江戸下屋敷に進んだ。


七日市藩江戸下屋敷には先触れが駆け込み、留守番頭の富田宗兵衛と島本たち家臣が迎えに出て来た。

前田丹後守一行は江戸下屋敷に入り、留守番の家臣と中間たちは表門を閉めた。

望月と藤七は見送った。

「後は純徳の首尾《しゅび》を待つだけか……」

「ええ。ですが、心配はご無用……」

望月と藤七は笑った。

左近は、笑う望月と藤七に戸惑った。

前田丹後守は、下屋敷に入って家臣たちに護《まも》られ、酒を飲んで過ごす。

どんな攻撃をするにしても、手間暇が掛かって面倒なだけだ。

それなのに、望月と藤七は何故に笑った。

そうか……。

左近は気が付いた。

純徳は、既に七日市藩江戸下屋敷に忍び込んでいるのだ。

左近は読み、七日市藩江戸下屋敷を眺めた。

七日市藩江戸下屋敷は、藩主前田丹後守が訪れた緊張感を漂わせていた。

よし……。

左近は、七日市藩江戸下屋敷の裏手から忍び込む事にした。

前田丹後守は、供侍《ともざむらい》たちに警護された奥御殿の御座之間《ござのま》に落ち着いた。

左近は、奥庭の四阿《あずまや》の陰から奥御殿の御座之間を窺った。

供侍たちに警護された御座之間では、丹後守が留守番頭の富田宗兵衛の挨拶を受けていた。

左近は、奥御殿の周囲に純徳とその痕跡を捜した。だが、純徳とその痕跡は、何処にも見付からなかった。

純徳は、既に奥御殿内に忍び込んでいるのかもしれない。

左近は読んだ。

陽は西に沈み、赤くなり始めた。
日が暮れ、宴が始まった。
深川から呼ばれた芸者衆は、三味線《しゃみせん》や太鼓を鳴らして踊り、座を盛り上げていた。
丹後守は、満足げな面持ちで酒を飲んだ。
富田たち家臣は相伴《しょうばん》した。

純徳は、何処かから見ている筈だ。
左近は、宴の行われている座敷を窺った。
座敷は供侍たちに警護され、純徳が近寄る隙はなかった。
丹後守に近付くには天井裏が一番だ。
左近は見定め、奥御殿の人気《ひとけ》のない部屋に忍び込み、長押《なげし》から天井裏に忍び込んだ。
天井裏は埃《ほこり》に満ちていた。

左近は、三味線や太鼓の音を頼りに梁《はり》の上を座敷に進んだ。
三味線と太鼓の音が近付き、天井板の隙間からの明かりが僅かに見えた。
左近は、暗がりを見詰めた。
梁を繋ぐ柱の陰に黒い人影が蹲《うずくま》っていた。
純徳……。
左近は、純徳を見付け、素早く己の気配を消した。
純徳は、柱の陰に潜んで天井板を僅かにずらして眼下の座敷を見下ろしていた。
三味線や太鼓、人々の騒めきが聞こえていた。
純徳は見下ろしていた。
どうするのか……。
左近は、純徳が催眠の術を使って人を操るのを見届けると決めていた。
物の怪の正体と絡繰《からく》り……。
左近は、柱の陰の純徳を見守った。
夜は更け、宴は盛り上がった。
純徳は、まるで置物のように身じろぎもせずに闇で過ごした。

そろそろ物の怪が現れる時だ……。

左近は、純徳を見守った。

法恩寺の鐘が鳴り響き、戌《いぬ》の刻五つ（午後八時）を報せた。

刹那《せつな》、純徳が身体を揺らし、低い声で笑い出した。

不気味な笑い声が響いた。

左近は、天井板を僅かにずらして眼下の座敷を見下ろした。

純徳の放つ低い笑い声は、座敷に不気味に響き渡った。

「物の怪だよ」

「物の怪が来るよ……」

芸者衆は激しく狼狽《うろた》え、悲鳴を上げて逃げ出した。

留守番頭の富田は、慌《あわ》てて辺りを見廻した。

「何事だ、富田……」

丹後守は戸惑った。

近習《きんじゅう》たちが丹後守に駆け寄り、供侍たちが身構えた。

不気味な笑い声は、天井から座敷に降り注いだ。

げて丹後守に突進した。

近習たちが悲鳴のように叫び、丹後守を座敷から連れ出そうとした。
下屋敷留守番の島本が刀を抜き、その眼を吊り上げ、狂ったような雄叫びをあげて丹後守に突進した。

「殿……」

純徳の不気味な笑い声が、島本に掛けられた催眠の術を蘇《よみがえ》らせる引鉄《ひきがね》なのだ。
催眠の術で埋め込まれた前田丹後守を殺せと云う命令が、不気味な笑い声で蘇った。
島本は、催眠状態で丹後守に襲い掛かったのだ。
島本は物の怪に取り憑かれた……。
左近は知った。

島本は、雄叫びをあげて前田丹後守に突進した。
次の瞬間。近習と供侍たちが島本に殺到し、斬り付けた。
血が飛び、断末魔《だんまつま》の悲鳴があがった。
島本は、近習と供侍たちに全身を斬り裂かれ、血を飛ばして斃《たお》れた。

近習と供侍たちの間に安堵が流れた。

刹那、丹後守が悲鳴をあげた。

近習と供侍たちは、怪訝な面持ちで丹後守を振り返った。

丹後守は、眼を瞠《みは》って棒立ちになっていた。

留守番頭の富田宗兵衛が眼を吊り上げ、丹後守の背に脇差を突き刺していた。

「と、殿……」

「おのれ、富田……」

近習と供侍たちは驚き、慌てて丹後守と富田に駆け寄った。

富田は、雄叫びをあげて丹後守を突き倒し、脇差を振り廻した。

近習と供侍たちは、脇差を振り廻す富田を押し包んで斬り、突いた。

富田は、血塗《まみ》れになって斃れた。

「殿……」

「医者だ。医者を早く……」

「殿を寝間に運べ……」

近習と供侍たちは、激しく狼狽《うろた》えて丹後守を連れ出して行った。

座敷には料理や酒や器が散乱し、島本と富田宗兵衛の斬殺死体が残された。

留守番頭の富田宗兵衛も物の怪に取り憑かれていた。

左近は知った。

富田は、了徳寺で純徳の物の怪退散の祈禱を受け、その時に催眠の術を掛けられ、物の怪に取り憑かれたのだ。

左近は、純徳が置物のように潜む柱の陰を窺った。

純徳は、既に姿を消していた。

望月小五郎と藤七の処だ。

左近は読み、天井板を破って座敷に跳び下りた。

座敷は酒と血の臭いに満ち溢れ、下屋敷は混乱していた。

左近は、富田と島本の血塗れの死体を一瞥《いちべつ》し、奥庭から七日市藩江戸下屋敷を抜け出した。

物の怪騒ぎを利用した前田丹後守闇討ちは、終わった。
七日市藩下屋敷は混乱していた。
芸者や板前たちが逃げ、留守番の家臣が医者に走り、供侍たちが警戒を厳しくした。

四

左近は、下屋敷の裏手から表門前に抜け出して来た。
望月小五郎と藤七は、既に立ち去っていた。
下屋敷から脱出して来た純徳と落ち合い、了徳寺に引き上げたのかもしれない。
左近は、了徳寺に走った。

了徳寺は暗く、虫の音に覆われていた。
左近は、境内に忍び込んで本堂、方丈、庫裏を窺った。
本堂、方丈、庫裏に人の気配は窺えなかった。
純徳、藤七、望月は、了徳寺に戻って来てはいないのか……。

左近は、殺気を鋭く放ち、身を潜めて反応を待った。

反応はなかった。

純徳と藤七は、やはり了徳寺に戻ってはいないのだ。

左近は見定めた。

金沢藩目付の望月小五郎と、金沢藩に拘わる処に行ったのかもしれない。

左近は読んだ。


七日市藩江戸下屋敷には、半蔵御門外の上屋敷から藩医と大勢の家臣たちが駆け付けて来た。

藩主前田丹後守は、深手を負って生死の境を彷徨《さまよ》っているようだ。

下屋敷は表門を固く閉じ、警戒を厳しくしていた。

金沢藩は、目付の望月小五郎の報せを受け、殿さまの末の若さまを七日市藩の藩主の座に就かせようと激しく動き始めた筈だ。

何《いず》れにしろ、前田丹後守の生死が事態を大きく左右するのだ。

左近は、七日市藩江戸下屋敷を眺めた。

「純徳、家臣にも催眠の術を掛けていたようだな」

嘉平が現れた。

「ああ。そして、笑い声で催眠の術を蘇らせ、丹後守を襲わせた」

「物の怪に取り憑かれたか……」

嘉平は苦笑した。

「うむ……」

「で、純徳たちは……」

「姿を消しているが、いずれは了徳寺に戻るだろう」

左近は読んだ。

「その時、どうするかだな……」

「放ってはおかぬ……」

左近は、冷ややかに告げた。

「それにしても、前田丹後守、危ないようだな……」

嘉平は、楽しそうな笑みを浮かべた。

「どうかしたのか……」

左近は、嘉平の楽しそうな笑みが気になった。

「今朝、根来《ねごろ》のはぐれ忍びが柳森の店に来た」

「根来のはぐれ忍び……」

左近は眉をひそめた。

「ああ……」

「七日市藩に拘わる用か……」

左近は読んだ。

「ああ。七日市藩、急ぎ丹後守の影武者を捜し始めた」

嘉平は告げた。

「丹後守の影武者……」

七日市藩は、丹後守の影武者を立てて金沢藩に抗《あらが》おうとしている。

左近は知った。

「ああ……」

「面白いな……」

「ああ。所詮《しょせん》は蟷螂《とうろう》の斧《おの》、蜂の一刺しに過ぎないかもしれないがな」

金沢百万石に対する七日市藩一万石の必死の抗い……。

嘉平は、金沢藩の横暴を嫌い、七日市藩に気を入れているようだ。

「して、いるのか……」

「此《こ》れからだ」

「そうか……」

「何れにしろ、純徳を早々に始末するのが世の為人の為だ」

嘉平は笑った。

「うむ……」

左近は頷いた。

了徳寺は山門を開き、物の怪退散の祈禱を受けに来た者たちがいた。

住職の純徳と寺男の藤七は戻っている。

左近は、了徳寺の様子を窺った。

本堂から祈禱をする純徳の経を読む声が聞こえ、庫裏の外の井戸端で働く寺男の藤七の姿が見えた。

よし……。

左近は、本堂の裏手に廻って屋根に跳んだ。

了徳寺の本堂は、方丈や庫裏と繋がっている。

左近は、本堂の屋根から方丈と庫裏の屋根に進んだ。

庫裏の横手の井戸端では、藤七が薪《まき》を割っていた。

左近は、屋根の上から見守った。

藤七は、手斧《ちょうな》で薪を割りながら祈禱を受けに来る者を鋭く見詰めていた。

祈禱を受けに来た者に敵が紛れ込んでいたら、逸早《いちはや》く見付けて始末する役目なのだ。

左近は、屋根から裏庭に下りて庫裏に忍び込んだ。

囲炉裏では薪が燃え尽き掛け、小さな火が揺れていた。

左近は、庫裏の廊下に続く戸口に忍び、開け放たれた腰高障子の外にいる藤七を窺った。

藤七は、辺りを警戒しながら薪を割っていた。

よし……。

左近は笑った。

藤七は、笑い声のした庫裏の奥を見た。

左近は、姿を消していた。

藤七は、薪を割っていた手斧を構えて庫裏に入った。
再び廊下から左近の笑い声がした。
「誰だ……」
藤七は、手斧を握り締めて庫裏から廊下に出た。
長押に忍んでいた左近は、音もなく藤七の背後に降り立った。
藤七は、振り返り様に手斧を振るった。
左近は跳んで躱《かわ》した。
手斧は、柱に深々と刃を食い込ませて抜けなくなった。
藤七は、抜けぬ手斧に狼狽《うろた》えた。
左近は、狼狽えた藤七を蹴り飛ばした。
藤七は、仰向けに倒れた。
「藤七、何処の修験者だ」
左近は笑い掛けた。
「だ、黙れ……」
藤七は跳ね起き、諸刃《もろは》の短刀を抜いて左近に突き掛かった。
左近は、諸刃の短刀を握る腕を摑み、一気に捻り上げた。

骨の折れる音が鳴った。

藤七は呻《うめ》き、諸刃の短刀を落として蹲った。

「何処の修験者だ……」

「木曾《きそ》の奥御嶽《おくおんたけ》……」

藤七は、骨の折られた腕を抱えて苦しく告げた。

「木曾の奥御嶽の修験者か……」

左近は知った。

刹那、藤七は左近に摑《つか》み掛かり、その喉笛《のどぶえ》に嚙みつこうとした。

刹那、左近の右手が藤七の胸元に走った。

藤七は、眼を瞠って凍《い》て付いた。

その心《しん》の臓《ぞう》に苦無《くない》が叩き込まれていた。

左近は、苦無を抜きながら跳び退いた。

藤七は息絶え、仰向けに斃れた。

左近は、斃れた藤七を冷徹に見下ろした。

本堂から祈禱する純徳の読む経が聞こえていた。

左近は山門を閉め、物の怪退散の祈禱を終えた者たちを帰した。

陽が大きく西に傾いた頃、物の怪退散の純徳の祈禱は終わった。

護摩壇の火は消え始め、祈禱を終えた純徳は額の汗を拭った。

「儲《もう》かったか……」

「うむ……」

純徳は背後からの声に頷き、慌てて振り返った。

「やあ……」

左近が佇《たたず》んでいた。

純徳は、咄嗟《とっさ》に護摩壇に隠してあった刀を抜いた。

「木曾は奥御嶽の修験者純徳か……」

左近は、純徳に笑い掛けた。

「おのれは……」

純徳は、左近を睨み付けた。

「物の怪退治に来た者だ」

「物の怪退治だと……」

純徳は眉をひそめた。

「ああ。此《こ》れはと思った者に祈禱に見せ掛けて催眠の術を掛け、不気味な笑い声で催眠状態を蘇らせて意のままに操り、物の怪に取り憑かれたように見せ掛ける……」

左近は、物の怪騒ぎの絡繰りを読んだ。

「おのれ……」

「そして、恐れ戦《おのの》く者たちから祈禱料と御札代を巻き上げる荒稼ぎも此れ迄だ」

左近は、殺気を放った。

純徳は跳び退き、刀を構えた。

「純徳、物の怪に取り憑かれた者の仕業に見せ掛けた前田丹後守闇討ち、幾らで請け負ったのかな……」

左近は嘲笑《あざわら》った。

「黙れ……」

純徳は、左近に猛然と斬り掛かった。

左近は、無明刀《むみょうとう》を抜いて斬り結んだ。

刃が嚙み合い、火花が飛び、床が激しく鳴った。

純徳は、大きく跳び退き、左近を見据えて乱れた息を整えた。

左近は無明刀を構えた。
純徳の眼から妖気が放たれた。
催眠の術……。
左近は咄嗟に眼を瞑《つむ》り、無明刀を頭上高く構えた。
全身を隙だらけにした天衣無縫《てんいむほう》の構えだ。
貰った……。
純徳は嘲笑し、殺気を放って左近に鋭く迫った。
剣は瞬速《しゅんそく》……。
無明斬刃《むみょうざんじん》……。
左近は、斬り掛かる純徳に頭上高く構えた無明刀《むみょうとう》を真っ向から斬り下げた。
純徳は、床を鳴らして凍て付いた。
左近は、残心《ざんしん》の構えを取った。
純徳の額に血が湧き、顔を両断するように流れた。
無明刀の鋒《きっさき》から血が滴《したた》り落ちた。
純徳は、刀を握り締めたまま横倒しに斃れた。
左近は、無明刀に拭いを掛けて鞘《さや》に納め、純徳の死体を残して本堂から立ち去った。

護摩壇の火は燃え尽き、本堂には真っ赤な夕陽が差し込んだ。


神田川の流れに月影は揺れた。

柳森稲荷前の葦簀張りの飲み屋では、金のない者たちが安酒を飲んでいた。

左近は、葦簀を潜った。

「おう……」

嘉平は、左近を見て笑みを浮かべた。

「酒を貰おう……」

「下り酒の良いのがある……」

嘉平は、角樽《つのだる》の酒を湯呑茶碗に満たして左近に差し出した。

左近は、湯呑茶碗の酒を飲んだ。

「物の怪騒ぎ、終わったようだな」

嘉平は読んだ。

「ああ。押上村に物の怪はもう現れぬ」

左近は、純徳と藤七を斃した事を報せた。

「そいつは何よりだ」

「うむ。だが、金沢藩目付の望月小五郎は未だだ」

「目付の望月小五郎か……」

「ああ……」

「奴は金沢藩江戸御留守居役大原刑部《おるすいやくおおはらぎょうぶ》の腹心だそうだ」

「江戸御留守居役の大原刑部……」

「ああ……」

「ならば、金沢藩の末の若さまを七日市藩に押し付けようとしている元凶《げんきょう》か……」

左近は読んだ。

「きっとな……」

嘉平は頷いた。

「して、七日市藩は……」

「丹後守は相変わらず生死の境を彷徨《さまよ》っているようだ。ま、命を取り留めても、復帰は難しいだろうな」

嘉平は眉をひそめた。

「跡継ぎはいるのか……」

「いるが、未だ七歳だそうだ……」

「そこが金沢藩が末の若さまを押し付ける謂《いわ》れだな」

「ああ。それ故、七日市藩江戸家老の高岡主水《たかおかもんど》たちは、丹後守の影武者を仕立てようとしている」

「その影武者、見付かったのか……」

「らしい者はな……」

嘉平は小さく笑った。

「そうか。ところで影武者の話、根来のはぐれ忍びが持ち込んで来たのだったな」

「うむ。今は高岡主水の家来になっている森《もり》の喜平次《きへいじ》という者だ」

「森の喜平次……」

「ああ……」

「そうか、七日市藩はどうあっても金沢藩に抗うか……」

左近は、七日市藩一万石の覚悟を知った。

神田川から船の櫓《ろ》の軋みが、夜空に甲高く響き渡った。

翌日。

左近は、公事宿『巴屋』を訪れ、主の彦兵衛に事の顚末《てんまつ》を話し、物の怪騒ぎを始末した事を報せた。

「ご苦労さまでした……」

彦兵衛は、報せを聞き終えて溜息混じりに左近を労《ねぎら》った。

「いえ……」

「押上村の大百姓の吉次郎さんには、私の方から伝えておきます」

「承知……」

「それにしても、物の怪騒ぎを起こし、物の怪退散の祈禱と御札で荒稼ぎとは、呆れた奴らですな」

「ええ……」

「挙句《あげく》の果てに金沢藩の手駒になって闇討ちとは……」

彦兵衛は眉をひそめた。

「そこで旦那、頼みがあるのだが……」

「事の顚末を見届けますか……」

彦兵衛は、左近の腹の内を読んだ。

「出来るものなら……」

左近は頷いた。

「百万石の大藩に一万石の小藩が如何に抗うか、見届けるのも、公事宿の出入物吟味人の役目かもしれませんね」

彦兵衛は笑った。

「忝《かたじけな》い……」

左近は、彦兵衛に頭を下げた。

上野国七日市藩江戸上屋敷は、内濠に架かる半蔵御門外の武家地にある。

左近は、七日市藩江戸上屋敷を眺めた。

七日市藩江戸上屋敷は表門を閉じ、静けさに沈んでいた。

左近は、静けさの中に微かな緊張が漂っているのを感じた。

七日市藩江戸上屋敷の土塀の内側は、藩主前田丹後守が襲われて以来、警戒を厳しくしているのだ。

左近は読み、表門前を見廻した。

内濠沿いの通りには、武士や近くの麴町《こうじまち》に住む町方の者が行き交っていた。

行き交う者たちの中には、七日市藩江戸上屋敷を見張る金沢藩の者がいるのは間違いない。

此れから金沢藩と七日市藩の暗闘は激しくなる筈だ。

そして、何が残るのか……。

左近は、微かな虚しさを覚えた。

魚が跳ねたのか、内濠に幾つかの波紋が次々に広がった。

第二章　影武者

一

柳森稲荷の鳥居前の古着屋、古道具屋、七味唐辛子売りには、参拝帰りのひやかし客が行き交っていた。

「して、影武者の件はどうなった……」

左近は、嘉平に尋ねた。

「それらしい者が見付かったよ」

嘉平は告げた。

「はぐれ忍びか……」

左近は読んだ。

「ああ……」

「して、どうする」

左近は、七日市藩の出方を訊いた。

「明日、前田丹後守は下屋敷から半蔵御門外の上屋敷に移る」

「明日……」

左近は眉をひそめた。

「ああ。深手を負ったが漸《ようや》く動けるようになったとしてな……」

「そいつが影武者か……」

「ああ。傷を負った顔に晒布《さらし》を巻いてな」

嘉平は苦笑した。

「成る程……」

左近は頷いた。

「で、お前さん、物の怪退治の後は何をするんだい……」

「さあて……」

「良かったら手伝ってくれないか……」

「手伝い……」

「ああ。七日市藩江戸家老の高岡主水は、丹後守の影武者を上屋敷に戻して金沢藩の眼を引き付け、下屋敷で丹後守の治療を続けるつもりのようだ」

嘉平は読んだ。

「果たして気付かれずに済むかな……」

左近は眉をひそめた。

「金沢藩は甘くはない。御留守居役の大原刑部と望月小五郎も直ぐに気が付くだろう」

嘉平は苦笑した。

「ならば……」

「うん。喜平次によると高岡主水は腕の立つ忍びを捜している。おそらく、丹後守か影武者を護らせるつもりだろう」

嘉平は睨んだ。

「その手伝いか……」

「おそらくな。どうだ……」

「面白い。手伝おう」

左近は頷いた。

「ありがたい。日が暮れれば喜平次が来る手筈《てはず》だ。引き合わせる。はぐれ忍びの……」

嘉平は、何処《どこ》迄素性を教えるか目顔で尋ねた。

「左近で良い……」

「そうか。ならば、はぐれ忍びの左近……」

「ああ……」

左近は頷いた。

夕暮れ。

柳森稲荷の参拝客は帰り、古着屋、古道具屋、七味唐辛子売りは店仕舞いを急いでいた。

嘉平の店は明かりを灯し、葦簀《よしず》の外では博奕《ばくち》打ちや浪人たちが安酒を飲んでいた。

「邪魔をする」

薄汚れた衣を着た小柄な托鉢《たくはつ》坊主が、客のいない葦簀の内に入って来た。

「おう。来たか……」

嘉平は迎えた。

「うん。どうかな……」

托鉢坊主は、破れ饅頭《まんじゅう》笠を取って中年の顔を見せた。

「ああ。手伝ってくれる」

「物の怪騒ぎを始末した忍びがか……」

「ああ。はぐれ忍びの左近だ……」

嘉平は、托鉢坊主の背後を示した。

托鉢坊主は、慌てて振り向いた。

誰もいなかった背後には、いつの間にか左近が佇《たたず》んでいた。

托鉢坊主は狼狽《うろた》えた。

「七日市藩の森の喜平次だ……」

嘉平は、左近に托鉢坊主を引き合わせた。

「森の喜平次だ。宜しくお願いする」

托鉢坊主は、森の喜平次と名乗って頭を下げた。

「はぐれ忍びの左近だ……」

左近は挨拶をした。

「ありがたい。此れで陣内《じんない》も無駄に死ぬような事はあるまい」

喜平次は、微かな安堵を滲ませた。

「陣内とは……」

左近は尋ねた。

「丹後守の影武者を務めるはぐれ忍びだ」

嘉平は告げた。

「ならば、俺ははぐれ忍びの陣内、影武者を護るのか……」

「如何《いか》にも。私は丹後守さまを護る」

左近は読んだ。

喜平次は告げた。

「うむ……」

左近は頷いた。

「ならば、此れから押上村の七日市藩江戸下屋敷に一緒に行って貰う」

「下屋敷か……」

「うむ。既に江戸家老の高岡主水さまと影武者の陣内は行っている」

「よし。ならば、下屋敷に……」

左近は、七日市藩と金沢藩の暗闘に踏み込んだ。

東叡山寛永寺は、戌《いぬ》の刻五つ（午後八時）を報せる鐘の音を響かせた。


本所押上村は、蒼白《あおじろ》い月の光と虫の音に覆われていた。

左近と森の喜平次は、夜の本所を疾走した。

七日市藩江戸下屋敷は、夜風に緑を揺らす田畑に囲まれていた。

左近は、道端に立ち止まり、下屋敷の周囲の夜の闇を透《す》かし見た。

闇に人影が揺れた。

金沢藩の見張り……。

「金沢藩の手の者か……」

左近は睨んだ。

喜平次も気が付き、睨んだ。

「おそらく……」

「片付けるか……」

「未だだ……」

「未だ……」

「此方《こちら》の出方に気が付いていない限り、下手な真似をすれば疑念を抱かせるだけだ」

「ならば……」

「下屋敷内に忍び込まれているかどうか、見定めてからだ」

左近は告げた。

「よし。裏門から入ろう」

喜平次は、下屋敷の裏門に進んだ。

左近は続いた。

七日市藩江戸下屋敷は、家来たちの警戒が厳しかった。

「ならば、御家老の許《もと》に……」

喜平次は、左近を江戸家老高岡主水の許に誘おうとした。

「その前に屋敷内を検《あらた》める」

左近は、表御殿の天井裏と縁の下を検めた。

異変はなかった。

左近は、続いて奥御殿を検めた。

奥御殿の天井裏と縁の下にも異変はなく、不審な者もいなかった。

金沢藩の手は及んでいない……。

左近は見定めた。

「どうだ……」

喜平次は、左近の慎重さに感心した。

「良いだろう。高岡どのに逢わせて貰おう」

「うむ……」

喜平次は、左近を伴って詰めている江戸家老の高岡主水の用部屋に向かった。

燭台《しょくだい》の火は揺れた。

「高岡さま……」

喜平次の声がした。

「喜平次か……」

江戸家老高岡主水は、初老の落ち着いた顔を薄暗い次の間に向けた。

「はい。手伝いの者を伴いました」

「うむ……」

高岡は頷いた。

喜平次と左近が、次の間の暗がりに浮かぶように現れた。

「はぐれ忍びの左近どのにございます」

喜平次は、左近を高岡に引き合わせた。

「うむ。此《こ》れに……」

高岡は、喜平次と左近に近付くように命じた。

左近と喜平次は、次の間から高岡のいる座敷に進んだ。

「はぐれ忍びの左近どのか……」

高岡は、左近に鋭い眼差しを向けた。

「はい……」

左近は頷いた。

「役目は金沢藩の者共を引き付けながら、丹後守さまの影武者を護り抜く事だ」

高岡は、厳しい面持ちで告げた。

「敵を引き付けながら護る……」

左近は苦笑した。

「左様。引き付け過ぎてもならず、護り過ぎてもならず。面倒な難しい役目だ

「……」

高岡は眉をひそめた。

「つまりは、丹後守さまの傷が治る迄の囮《おとり》……」

左近は、冷ややかに告げた。

「如何にも……」

高岡は、左近を見据えて頷いた。

「心得た。囮としての役目を果たし、丹後守さまの影武者、何としてでも護り抜く」

左近は、不敵に云い放った。

「忝《かたじけな》い。ならば入るが良い」

高岡は、次の間に声を掛けた。

次の間に、四十歳前後で背丈が五尺弱の痩せた男が寝間着姿で現れた。

「丹後守さまの影武者を務める陣内どのだ」

高岡は、左近に陣内を引き合わせた。

「はぐれ忍びの陣内。世話になる」

陣内は、不安気な笑みを浮かべた。

「私ははぐれ忍びの左近だ。おぬしを護り抜く……」

左近は、陣内に笑い掛けた。

「宜しく頼む……」

陣内は、左近に頭を下げた。

「ならば……」

高岡は、江戸の絵図を開いた。

「半蔵御門外の上屋敷迄の道筋だが……」

高岡の言葉に、左近、喜平次、陣内は絵図を覗き込んだ。

燭台の火は、油が切れ掛かったのか音を鳴らして小刻みに震えた。


本所横川に架かっている法恩寺橋の船着場から竪川を抜けて大川に出る。そして、大川を下って新大橋《しんおおはし》を潜り、三《み》つ又《また》に進んで日本橋川を遡って外濠に出る。外濠から日比谷《ひびや》御門を潜って内濠に進み、半蔵御門の船着場に着く。

半蔵御門外に七日市藩江戸上屋敷はある。

七日市藩の江戸家老高岡主水は、大怪我をしている前田丹後守に扮《ふん》した陣内を屋根船で江戸上屋敷に移す企てなのだ。

「屋根船には、丹後守さまの影武者の陣内どの、藩医と私、左近どのと近習が乗り、前後を家臣たちを乗せた猪牙舟《ちょきぶね》で護らせる。如何《いかが》かな……」

高岡は、左近を窺った。

「病人、怪我人を移すには、それしかありますまい……」

左近は頷いた。

「うむ。して、喜平次は下屋敷に残り、留守番の家臣たちと丹後守さまを御護りするのだ」

高岡は命じた。

「心得ました……」

喜平次は頷いた。

「喜平次どの、丹後守さまが上屋敷に移れば、薬湯の臭いも次第に消え去る筈……」

左近は告げた。

「承知……」

喜平次は頷いた。

丹後守が上屋敷に移った後も薬湯の臭いがすれば、不審を買って探りを入れられる恐れがある。

喜平次は、左近の忠告を素直に聞いた。

「それから、手に余れば、柳森に助勢を頼むのだな」

左近は笑った。


翌日。

前田丹後守が上屋敷に移る時が来た。

七日市藩の家臣たちは、下屋敷から横川法恩寺橋の船着場迄の道筋を厳しく警戒した。

前田丹後守は、傷を負ったという顔に晒布を巻き、寝台に横たわったまま法恩寺橋の船着場に運ばれ、屋根船の障子の内に担ぎ込まれた。

左近は、屋根船の舳先《へさき》に立って周囲の岸辺を見廻した。

岸辺では様々な者が見物していた。

此の者たちの中に金沢藩の者が必ずいる……。

左近は、見ている者たちに鋭い視線を送った。

左近の鋭い視線から逃れるように身を引く者が何人かいた。

金沢藩の者……。

左近は苦笑した。

「出立《しゅったつ》する……」

高岡は、左近に告げた。

「心得た……」

左近は頷いた。

丹後守を乗せた屋根船は、前後を家臣たちの乗った猪牙舟に護られて横川を本所竪川に向かった。

屋根船の舳先の切る水飛沫《しぶき》は、日差しに煌めいた。

屋根船は、前後を猪牙舟に護られて本所竪川、大川、日本橋川を進む。

もし、金沢藩が仕掛けて来るとしたら日本橋川迄だ。

外濠と内濠では、流石《さすが》に公儀《こうぎ》を畏《おそ》れて仕掛けては来ない筈だ。

左近は読んだ。

大川には様々な船が行き交っていた。

丹後守を乗せた屋根船は、前後を猪牙舟に護られて大川を下った。
左近は、擦れ違う船を警戒した。
猪牙舟、荷船、屋根船……。
様々な船が何事もなく擦れ違って行った。
前を行く護衛の猪牙舟は、新大橋を潜って三つ又に曲がって進んだ。
屋根船は続こうとした。
前から来た猪牙舟が突っ込んで来た。
左近は、棹《さお》を手に取り、突っ込んで来た猪牙舟の舳先を鋭く突いた。
猪牙舟は大きく向きを変え、船頭と乗っていた浪人たちが驚いた。
左近は、棹を槍《やり》のように振るい、船頭を鋭く突いた。
船頭は、仰向けに大川に落ちた。
乗っていた浪人たちは狼狽えた。
屋根船は構わずに三つ又に曲がった。
浪人たちを乗せた猪牙舟は、流れに押されて大川を下った。
刹那《せつな》、荷船が背後を護る猪牙舟を押し退け、丹後守の乗る屋根船に船縁《ふなべり》を寄せた。

荷船に積まれた荷の陰から武士たちが現れ、丹後守の屋根船に斬り込もうとした。
左近は、棹を振るった。
先頭の武士が棹に叩きのめされ、大川に転落した。
左近は跳んだ。
そして、荷船から斬り込んだ武士たちを次々に殴り、蹴って大川に突き落とした。
丹後守を乗せた屋根船は、三つ叉を日本橋川に進んだ。
荷船に残った者たちは、大川に落ちた武士たちを慌てて助け上げていた。
左近は、冷やかに眺めた。
「評判通り、鮮やかな手際だな……」
高岡主水は、障子の外に現れて左近に笑い掛けた。
「闘いは始まったばかり。金沢藩、どのように仕掛けて来るか……」
左近は、不敵な笑みを浮かべた。
丹後守を乗せた屋根船は、流れを切り裂いて日本橋川を外濠に向かった。

外濠迄の日本橋川には、江戸橋、日本橋、一石橋《いっこく》の三橋が架かっている。日本橋は多くの人で賑わい、一石橋は外濠との合流地だ。

「ならば、日本橋川で仕掛けて来るとしたら江戸橋か……」

高岡は読んだ。

「おそらく……」

左近は頷き、屋根船の舳先に立って日本橋川の行く手を見据えた。

南岸には南茅場町《みなみかやばちょう》の大番屋《おおばんや》や鎧《よろい》の渡し場などがあり、北側には東西の堀留《ほりどめ》川《がわ》がある。

丹後守を乗せた屋根船は進んだ。

左近は、行く手を見詰めた。

行く手に人の行き交う江戸橋が近付いた。

「江戸橋だ……」

高岡は、緊張を滲ませた。

左近は、江戸橋の上を窺った。

職人風の男が現れ、左近や高岡の乗っている屋根船を見下ろした。

左近は、職人風の男を見上げた。

職人風の男は、嘲笑を浮かべて懐から焙烙玉《ほうろくだま》を取り出した。

焙烙玉……。

江戸橋の上から丹後守を乗せた屋根船に投げ込むつもりだ。

左近は睨み、素早く手を振るった。

煌《きら》めきが飛んだ。

職人風の男は、胸に棒手裏剣《ぼうしゅりけん》を受けて呆然と立ち竦《すく》んだ。そして、焙烙玉を握り締めたまま欄干《らんかん》を越えて日本橋川に転落した。

日本橋川に水飛沫が上がり、煌めいた。

「人が落ちたぞ……」

「身投げか……」

近くにいた猪牙舟の船頭や乗っていた者たちが驚き、騒ぎ立てた。

「船足を上げろ……」

高岡は、船頭に命じた。

船頭は、返事をして威勢よく船足を上げた。

屋根船は、落ちた職人風の男の周囲に集まっている猪牙舟を躱《かわ》して江戸橋を潜った。

「金沢藩の者か……」

高岡は眉をひそめた。

「忍びが使う焙烙玉を投げ込もうとした……」

「ならば、忍びの者……」

高岡は、緊張を滲ませた。

「おそらく加賀忍び……」

左近は頷いた。

丹後守を乗せた屋根船は、日本橋を潜って外濠に進んだ。

内濠に架かっている半蔵御門外に七日市藩江戸上屋敷はあり、厳重な警戒をしていた。

前田丹後守は、江戸家老の高岡主水たち家臣と藩医の桂井《かつらい》道伯《どうはく》に護られて江戸上屋敷に無事に戻った。

左近は、丹後守の入った奥御殿を検めた。

奥御殿の天井裏や縁の下に異常はなかった。

左近は見定めた。

金沢藩は加賀忍びを放って来た。

闘いは此れからだ……。

左近は、不敵な笑みを浮かべた。

二

加賀国金沢藩江戸上屋敷は本郷の通りにあり、百万石の大大名らしく広大な敷地を誇っていた。

表御殿にある江戸御留守居役大原刑部の用部屋には、目付の望月小五郎が訪れていた。

「そうか。前田丹後守、半蔵御門外の江戸上屋敷に戻ったか……」

大原刑部は眉をひそめた。

「はい。丹後守が上屋敷に戻るのを何とか食い止めようとしたのですが……」

望月は、悔し気に顔を歪《ゆが》めた。

「失敗したか……」

「はい。加賀忍びの攻撃も躱されました」

「加賀忍びの攻撃も……」

「はい。七日市藩江戸家老高岡主水、丹後守の護衛に忍びの者を付けたようにございます」

望月は、厳しい面持ちで告げた。

「おのれ……」

「それ故、今日、国表《くにおもて》から加賀忍びの新手が到着する手筈にございます」

望月は報せた。

「ならば、此れからは……」

「加賀忍びの者共が丹後守の命を貰い受ける事になります」

望月は、冷笑を浮かべた。

「うむ。望月、手立てを選ばず、一刻も早く丹後守の息の根を止めろ」

大原は、冷徹に命じた。

七日市藩江戸上屋敷の奥御殿にある寝間は、近習の家臣たちによって厳重に警戒がされていた。

寝間にいる丹後守が影武者の陣内だと知っているのは、江戸家老の高岡主水、藩医の桂井道伯、近習の主だった者たち、そして左近ぐらいの僅かな人数だった。

高岡は、丹後守は顔の傷が治る迄は逢いたがっていないと、奥方との対面を許してはいなかった。

左近は、高岡直属の目付となり、丹後守警護の役目に就いた。

寝間の天井裏と縁の下は、左近によって警戒網が張り巡らされた。

丹後守の影武者陣内は、薄暗い寝間で一日を過ごした。

「変わりはないか……」

左近は、寝間の次の間から現れた。

「うむ……」

陣内は、布団に身を起こして座った。

「屋敷内に忍びの者はいない……」

左近は報せた。

「加賀忍びか……」

陣内は訊いた。

「ああ。上屋敷に戻った丹後守を狙って来るのは、此れからは加賀忍びの者共だろう」

左近は読んでいた。

「うむ……」

陣内は頷いた。

「近習の者たちも厳しく警戒しているが、危ないと思った時は、早々に丹後守を隠し、はぐれ忍びの陣内に戻るのだな」

左近は告げた。

「加賀忍びの狙いは丹後守只《ただ》一人か……」

「ああ。はぐれ忍びの陣内の命など、眼中にはない……」

「そして、生き延びるか……」

陣内は苦笑した。

「うむ……」

左近は頷いた。

「左近……」

陣内は、寝間着の胸元を広げて見せた。

胸には、大きな古い刀傷があった。

「古い傷だな……」

左近は眉をひそめた。

「うむ。生死の境を彷徨《さまよ》って辛《かろ》うじて助かったが、以来、息と体力が続かず、半端仕事しか出来ぬはぐれ忍びになった」

「そうか……」

「だが、助けてくれた女と所帯を持ち、子をなし、貧しいながらも支え合い、仲良く暮らして来た歳月は忘れるものではない……」

陣内は微笑んだ。

「そいつは良かった……」

左近は頷いた。

「それ故、此の古傷を与えた秩父《ちちぶ》忍びの日暮左近を忘れる事は出来ぬ……」

陣内は、左近に笑い掛けた。

「陣内、おぬし……」

左近は、己の素性を知っている陣内を見据えた。

「裏柳生《うらやぎゅう》の抜け忍《にん》……」

陣内は告げた。

「そうか。裏柳生の抜け忍だったたか……」

左近は、はぐれ忍びの陣内がかつて裏柳生の忍びの者として斬り合った男だと知った。

「ああ。その日暮左近に今は命を護られている。人の運命《さだめ》とは面白いものだ……」

陣内は苦笑した。

「うむ。それにしても何故、影武者を引き受けたのだ」

「半端仕事の貧しい暮らし。女と子に纏《まと》まった金を渡してやりたくてな」

陣内は、淋しげな笑みを浮かべた。

「陣内、おぬしの命、必ず守り抜く……」

左近は云い放った。

「左近……」

陣内は、戸惑いを浮かべた。

「それが、我らの運命のようだ……」

左近は笑った。

金沢藩目付望月小五郎は、江戸御留守居役の大原刑部に総髪《そうはつ》の武士を引き合わせた。

「国表から急ぎ参上した加賀忍びの金剛《こんごう》にございます」

加賀忍びの金剛は、鋭い眼差しで大原を見詰めて頭を下げた。

「加賀忍びの金剛、総帥《そうすい》加賀の白竜斎《はくりゅうさい》の孫だそうだな」

「はっ……」

「白竜斎に負けぬ働き、楽しみにしているぞ」

大原は告げた。

「必ずや……」

金剛は、笑みを浮かべて頷いた。

大禍時《おおまがとき》……。

夕陽は沈み、内濠は夕暮れの青黒さに覆われた。

七日市藩江戸上屋敷は表門を閉じ、江戸家老高岡主水の指揮の許、家臣たちは警戒を厳しくしていた。

左近は奥御殿の屋根に上がり、屋敷の内外を見張っていた。

今のところ、異変はない……。

左近は、見定めた。
だが、加賀忍びは必ず来る。
左近の勘は囁いていた。

刻は過ぎ、夜が訪れた。
内濠の水面に月影が揺れ、辺りは静寂に覆われていた。
夜の闇が微かに揺れ、忍びの者たちが浮かぶように現れた。
加賀忍びの金剛と配下の忍びの者共だった。
金剛は、七日市藩江戸上屋敷を窺った。
忍びの結界《けっかい》は張られていない。
金剛は、物見《ものみ》を走らせた。
数人の加賀忍びの者が七日市藩江戸上屋敷に走った。
左近は、夜の闇が微かに揺れたのに気が付いた。
来た……。
左近は、奥御殿の屋根から表御殿の屋根に跳んだ。

表御殿の屋根からは、表門と左右の長屋塀《ながやべい》が見えた。

表門の内側は、家臣たちが見張りに立って警戒していた。

家臣たちの見張りは、加賀忍びの敵ではない。

今、易々と警戒を破られれば、七日市藩は嘗《な》められ、蹂躙《じゅうりん》されるだけだ。

そうはさせぬ……。

左近は、冷笑を浮かべた。

表門の左右の長屋塀の屋根に黒い人影が現れた。

加賀忍びの者……。

左近は見定め、棒手裏剣を続け様に放った。

煌めきが飛んだ。

表門の左右の長屋塀の屋根の上にいた加賀忍びの者たちは、棒手裏剣を胸に受けて大きく仰《の》け反《ぞ》って倒れた。

左近は、表門の屋根に向かって夜空を跳んだ。

左近は表門の屋根に忍び、内濠沿いの暗がりを窺った。

忍びの者たちが、手裏剣を受けて倒れた仲間を内濠沿いの暗がりに運んでいた。

左近は見守った。

「物見が倒された……」

加賀忍びの金剛は眉をひそめた。

「はい。此れなる棒手裏剣を打ち込まれて……」

加賀忍び小頭《こがしら》の才蔵《さいぞう》は、左近の放った棒手裏剣を金剛に見せた。

「此れか……」

金剛は、棒手裏剣を手に取って検めた。

「何処の忍びの棒手裏剣だ……」

「さあて、棒手裏剣を使う忍びは数多くありますが、此れはそうした物とも違うようにございます」

才蔵は眉をひそめた。

「ならば、忍び自らの誂《あつら》えか……」

「かもしれませぬ……」

才蔵は頷いた。

「ならば、かなりの忍びの者だな」

金剛は、厳しい面持ちで読んだ。

「はい……」

才蔵は頷いた。

「よし。才蔵、どれ程の忍びか、どれ程の人数がいるのか、一当たりしてみろ」

金剛は命じた。

「心得ました」

才蔵は頷き、周囲の夜の闇に合図をし、七日市藩江戸上屋敷に走った。

夜の闇から加賀忍びが現れ、才蔵に続いた。


探りを入れに来るか……。

左近は表門の屋根に忍び、駆け寄って来る加賀忍びに苦笑した。

小頭の才蔵は、配下の忍びの者たちに上屋敷への侵入を命じた。

忍びの者たちは、表門の左右の長屋塀に跳んだ。

左近は、左手の長屋塀の屋根に上がった忍びの者に棒手裏剣を連射した。

四人の忍びの者が棒手裏剣を受け、屋根から転げ落ちた。

左近は、表門の右手の長屋塀の屋根に跳び、無明刀を抜き打ちに閃《ひらめ》かせた。

忍びの者が仰け反り、屋根から転げ落ちた。

残る忍びの者たちは、慌てて四方手裏剣を左近に投げた。

左近は、無明刀を煌めかせて四方手裏剣を弾き飛ばし、忍びの者たちに一気に迫って鋭く斬り掛かった。

忍びの者たちは、風のように襲い掛かる左近に激しく狼狽《うろた》えた。

無明刀は縦横に閃いた。

忍びの者たちは、次々に斬り倒された。

才蔵は、指笛を短く吹き鳴らした。

加賀忍びは退《ひ》いた。

左近は見定め、表門の屋根に跳んで戻った。

静寂が訪れた。

左近は、表門の屋根に忍んで内濠沿いの暗がりを見据えた。

内濠沿いの暗がりに動く人影はない。

表門前から加賀忍びは消えた……。

左近は見定めた。

七日市藩江戸上屋敷は、東に表門、南北の両横には旗本《はたもと》屋敷があり、西の五番《ごばん》町《ちょう》の通りに裏門がある。

加賀忍びは西の裏門に廻ったのか……。

左近は、表御殿の屋根に跳んで奥御殿に走った。

裏門は五番町の通りに面してあり、多くの旗本屋敷が甍《いらか》を連ねていた。

左近は、奥御殿の屋根から裏門前の五番町の暗い通りに鋭い殺気を放った。

五番町の暗い通りに動きはなかった。

殺気に対する反応はない……。

加賀忍びは引き上げた。

左近は、安堵の吐息を小さく洩らした。

奥御殿の丹後守の寝間には、高岡主水が来ていた。

左近は、次の間から寝間に入った。

「加賀忍びが来たようだな……」

陣内は、忍びの者として気が付いていた。

「ああ。忍びの者がいると睨み、十人程の加賀忍びが探りを入れに来た」

「探りを入れに……」

高岡は眉をひそめた。

「うむ。屋敷内には入れず、長屋塀の屋根の上で片付けたが……」

「十人程の加賀忍びを一人でか……」

高岡は驚き、感心した。

「うむ。だが、皆、表門からだ。此れが四方から一気に攻められれば、面倒だな」

左近は苦笑した。

「俺も見張りに立つか……」

陣内は、身を乗り出した。

「陣内の役目は丹後守さまの影武者。闘う時は己の身を護る時だ。それが、丹後守さまを護る事になる」

左近は告げた。

「だが、左近一人では……」

陣内は、懸念を浮かべた。

「うむ。高岡どの、上屋敷の裏の西と両側の南北、三箇所を護る忍びを三人、呼んでも構わぬかな」

左近は訊いた。

「信じられる忍びの者か……」

高岡は慎重だった。

「そいつは、私が請け合う……」

左近は笑った。

「ならば構わぬ……」

高岡は頷いた。

「そうか。では、此れから柳森に走って手配りをして来る。陣内、万が一の時は、丹後守さまとして身を隠し、おぬしが護るのだ」

左近は指示した。

「心得た」

陣内は頷いた。

「よし。ならば……」

左近は、次の間に消えた。

「はぐれ忍びの左近か……」

高岡は、溜息混じりに呟いた。

「ええ……」

「頼もしい忍びだな」

「それだけに、敵に廻したら恐ろしい忍びですよ」

陣内は苦笑した。


不忍池に蒼白い月影が揺れた。

金沢藩江戸上屋敷裏に山門を連ねる寺の中に妙蓮寺《みようれんじ》はあった。

妙蓮寺には、金沢藩江戸御留守居役大原刑部の息が掛かっており、加賀忍びの金剛たちの棲家《すみか》になっていた。

「そうか。七日市藩江戸上屋敷には忍びの者がいるのか……」

目付の望月小五郎は、厳しさを滲ませた。

「左様。素性の知れぬ凄腕の忍びの者が……」

金剛は苦笑した。

「その忍びが、奥御嶽の修験者純徳と藤七を斃《たお》したようだな」

望月は気が付いた。

「おそらく……」

金剛は頷いた。

「して、どうする」

望月は、金剛の出方を窺った。

「おそらく凄腕の忍びの者は一人。明日の夜、四方から一気に攻め込む」

金剛は嘲笑を浮かべた。

燭台の火は蒼白く燃えた。


七日市藩江戸上屋敷は、加賀忍びの者たちの監視下に置かれた。

「どうやら、加賀忍びの者共が見張りに就いたようだ」

左近は、江戸家老の高岡主水に報せた。

「加賀忍びが……」

高岡は眉をひそめた。

「うむ。押上村の下屋敷には近づかぬ方が良いだろう」

左近は告げた。

「うむ。喜平次の報せによれば、殿も順調に御快復なされているそうだ」

「それは何より……」

左近は頷いた。

「うむ。一刻も早く御登城されて健在なお姿を見せれば、流石の金沢藩江戸御留守居役の大原刑部も諦めるだろう」

高岡は読んだ。

「そうなれば良いが……」

左近は眉をひそめた。

「何か……」

高岡は、戸惑いを浮かべた。

「おそらく、加賀忍びは今夜、一気に攻め込んで丹後守さまの命を奪わんとする」

左近は睨んだ。

「今夜……」

高岡は、緊張を露《あら》わにした。

「うむ。おそらく間違いあるまい……」

左近は頷いた。

「屋敷の裏と両横を護る忍びの者は、間に合うのか……」

高岡は懸念した。

「さあて、その時はその時……」

左近は、不敵に笑った。

「左近どの……」

「高岡どの、次は長屋塀の屋根の上だけでは済まぬ……」

左近は、高岡を見据えた。

「ならば屋敷内に侵入するか……」

「おそらく。それ故、家来衆にも闘って貰う」

左近は告げた。

「勿論だ。皆、覚悟は出来ている」

高岡は頷いた。

「そうか。ならば、やって貰いたい事がある……」

左近は、高岡に笑い掛けた。

七日市藩江戸上屋敷は、表門を閉めたまま静寂に覆われていた。

加賀忍びの者たちは、様々な生業《なりわい》の者に身形《みなり》を変えて見張りに就いていた。

内濠沿いの道に面し、大名旗本屋敷に囲まれた七日市藩江戸上屋敷は見張りにくい。

加賀忍びの小頭才蔵は、配下の者たちを小刻みに交代させて見張りをさせた。

七日市藩江戸上屋敷に出入りする者はなく、中の様子を一切窺わせなかった。

おそらく、屋敷内の護りを固めている。

才蔵は読んだ。

三

左近は、七日市藩江戸上屋敷表御殿の屋根に上がり、周囲の大名旗本屋敷を見廻した。

大名旗本屋敷の屋根が続き、加賀忍びと思われる不審な人影は見当たらなかった。

「流石《さすが》に大名旗本屋敷の屋根に忍んで見張るのは難しいようだな」

忍び姿の陣内が現れた。

「寝間は大丈夫か……」

左近は懸念した。

「近習が十重《とえ》二十重《はたえ》に警護している」

陣内は苦笑した。

「そうか……」

「で、どうだ……」

陣内は、上屋敷の周囲を見廻した。

「加賀忍びが見張っているのは間違いない」

「やはり今夜、来るか……」

「加賀の大原刑部と望月小五郎は、丹後守の怪我が治らぬ内に始末をつけ、力ずくで丹後守のいない弱味を突こうとしている」

左近は睨んだ。

「ならば、来るか……」

陣内は苦笑した。

「間違いあるまい……」

左近は頷いた。

「そうか……」

陣内は眉をひそめた。

「陣内、どうかしたのか……」

左近は、怪訝に陣内を見た。

「う、うむ。左近、頼みがある……」

陣内は、左近を見詰めた。

「何だ……」

「俺の荷物の中に切り餅と手紙の入った革袋がある。俺が死んだら、そいつを浜《はま》町堀《ちようぼり》は元浜町《もとはまちよう》にある柿ノ木長屋のおふみって女に持って行ってやってくれないか……」

「陣内……」

「おふみは、おぬしに斬られた時、助けてくれて所帯を持った女でな。俺に万が一の時は頼む……」

陣内は、左近に深々と頭を下げた。

「陣内、話は分かったが、俺はおぬしを護るのが役目だ。影武者のお前が死ぬ時は、俺が先に死んでいる筈だ」

左近は苦笑した。

「いや。左近、俺が死んでも、お前は死なぬ」

陣内は、淋しげな笑みを浮かべた。

「陣内……」

「俺の忍びとしての勘がそう云っている……」

「忍びとしての勘……」

左近は眉をひそめた。

「ああ……」

「陣内、お前の忍びとしての勘、俺が外してやる……」

左近は笑った。

陽は西に傾き始めた。


日が暮れた。

金沢藩江戸上屋敷裏の妙蓮寺は、山門を開けたままだった。

饅頭笠を被った托鉢坊主が二列に並んで出て行った。

目付の望月小五郎と加賀忍びの金剛は、出て行く托鉢坊主たちを見送った。

「あれで最後か……」

「うむ。半蔵御門外の麹町に散り、亥《い》の刻四つ（午後十時）に七日市藩江戸上屋敷に四方から侵入する」

金剛は、楽しげに笑った。

「如何に凄腕の忍びでも、身体は一つか……」

望月は苦笑した。

「うむ。そして、俺が一気に奥御殿の寝間を襲い、死に損ないの丹後守の息の根を止めてくれる」

金剛は、冷徹に告げた。

「金剛、丹後守の寝間が何処か突き止めているのか……」

「案ずるな。薬湯の臭いを辿《たど》れば良いだけの事だ……」

金剛は笑った。

半蔵御門外の七日市藩江戸上屋敷は、夜の静寂に沈んでいた。

左近は、七日市藩江戸上屋敷の表御殿の屋根に忍び、表門前の暗がりを窺っていた。

加賀忍びは僅かな見張りだけを残していた。

時が来れば、一気に集まる筈だ。

左近は睨んだ。

亥の刻四つ近くになり、夜の静寂は音もなく深くなる。

左近は、背後の闇に人の気配を感じた。

人の気配に殺気はない。

来たか……。

左近は振り返った。

背後の闇が揺れ、三人の忍びの者が浮かぶように現れた。

左近は、笑みを浮かべて頷いた。

三人の忍びの者は、左近の傍にやって来た。

秩父忍びの小平太《こへいた》、烏坊《からすぼう》、猿若《さるわか》の三人だった。

「小平太、烏坊、猿若。良く来てくれた」

左近は迎えた。

「御無沙汰を致しました。報せをいただき、直ぐに来ました」

小平太は、日焼けした精悍《せいかん》な顔に白い歯を見せた。

「陽炎《かげろう》さまが宜しくとの事です」

鳥坊が告げた。

「そうか。陽炎と螢《ほたる》も達者か……」

「はい……」

鳥坊と猿若は頷いた。

「して。話は聞いたか……」

「金沢藩が末に連なる一万石の七日市藩乗っ取りを企て、そいつを食い止める……」

小平太は告げた。

「うむ……」

左近は頷いた。

「して、左近さま、金沢藩が相手だとなると、加賀忍びですか……」

小平太は読んだ。

「その通りだ……」

左近は、小平太が落ち着いた読みの出来る忍びになったのを喜んだ。

「加賀忍び、初めての相手だな」

猿若は、烏坊に笑い掛けた。

「ああ……」

烏坊は頷いた。

「して、こっちは左近さまと……」

小平太は、辺りを窺った。

「お前たち三人だ……」

左近は笑った。

「えっ……」

「じゃあ、四人……」

猿若と烏坊は、思わず顔を見合わせた。

「で、どのような……」

小平太は、落ち着いていた。

「うむ。加賀忍びは間もなく仕掛けて来る筈だ……」

「間もなく加賀忍びが……」

猿若は眉をひそめた。

「うむ。そこでだ……」

左近は、七日市藩江戸上屋敷の見取図を広げた。

小平太、烏坊、猿若は、見取図を覗き込んだ。

「良いか、おそらく加賀忍びの者共は、俺が一人だと睨み……」

左近は、加賀忍びを迎え撃つ手立てを話し始めた。


麹町心法寺《こうじまちしんぽうじ》の鐘が、亥の刻四つを打ち鳴らし始めた。

七日市藩江戸上屋敷の周囲の闇に忍びの者たちが現れた。

加賀忍びだ。

心法寺の亥の刻四つを報せる鐘が鳴り終わった。

加賀忍びは、一斉に闇を出て七日市藩江戸上屋敷の四方の長屋塀に取り付いた。

表門脇の長屋塀、裏の長屋塀、左右の横手の長屋塀の屋根の上に加賀忍びの者たちが次々に現れた。

刹那《せつな》、表御殿や奥御殿の屋根から十字手裏剣が飛来し、加賀忍びの者たちを倒した。

長屋塀の屋根にいた加賀忍びの者は、慌てて屋敷内に跳び下りた。

次の瞬間、背後の侍長屋の腰高障子が開き、襷《たすき》に鉢巻の家来たちが槍を突き出した。

加賀忍びの者は斃された。

家来たちは、跳び下りて来る加賀忍びを次々に斃した。

加賀忍びの者は、思わぬ攻撃に狼狽えた。

江戸家老高岡主水と家来たちは、左近との打ち合わせ通りに加賀忍びと闘った。

左近は表御殿の屋根に忍び、小平太は奥御殿の搦手《からめて》、烏坊と猿若は両御殿の屋根を身軽に跳び廻り、両横の長屋塀の屋根に現れた加賀忍びを迎え撃った。

加賀忍びは長屋塀の屋根の上で手裏剣を受けるか、跳び下りて家来たちに突き殺された。

「おのれ……」

加賀忍びの小頭才蔵は、長屋門の屋根から内側に跳び下り、侍長屋から突き出された槍の穂先を摑み、家来を斬り棄《す》てた。そして、侍長屋内に斬り込んだ。

家来たちは、次々に斬り倒された。

防御網の一角が崩され、加賀忍びたちが侵入した。

左近は、奥御殿の搦手にいる小平太の許に跳んだ。

「小平太……」

「はい……」

「加賀忍びの頭《かしら》は丹後守の首を狙う。俺は寝間に行く。表御殿も頼む」

「心得ました……」

小平太は、笑みを浮かべて頷いた。

「だが、万が一の時は、烏坊と猿若を連れて早々に引き揚げろ。遠慮は無用だ」

「此処《ここ》で命を棄てるつもりはありません」

小平太は、不敵に云い放った。

「よし。ではな……」

左近は笑い、奥御殿の屋根から跳んだ。

小平太は見送り、表御殿の屋根に加賀忍びが現れたのに気が付き、十字手裏剣を放った。

小頭の才蔵は咄嗟に身を伏せて、飛来する十字手裏剣を躱した。

十字手裏剣……。

昨夜の棒手裏剣を使う忍びの者とは違う。

仲間がいたのだ……。

才蔵は、怒りに塗《まみ》れた。

刹那、夜の闇に刃風が鳴った。

才蔵は、咄嗟に跳び退いた。

小平太が現れ、刀を翳《かざ》して才蔵に跳んだ。

才蔵は、手鉾《てぼこ》を抜いて斬り結んだ。

刃が嚙み合い、火花を散らせた。

小平太は、夜空に跳んで十字手裏剣を才蔵に放った。

才蔵は、手鉾を振るって躱し、頭上を越えて跳び下りた小平太に手裏剣を放った。

小平太は、鋼の手甲《てっこう》を着けた左腕で手裏剣を叩き落とした。

「何処の忍びだ……」

「さあて、何処の忍びかな……」

小平太は笑った。

「おのれ……」

才蔵は、猛然と小平太に手鉾で斬り掛かった。

小平太は、左腕を振るった。
鋼の手甲から細い鎖が飛び出し、才蔵に飛んだ。
才蔵の頰が細い鎖に抉《えぐ》られ、血が飛んだ。
「此れ迄だ、加賀忍び……」
小平太は冷笑した。
「黙れ……」
才蔵は、手鉾を唸らせた。
小平太は、左腕の細い鎖を横薙《な》ぎに一閃した。
細い鎖は煌《きら》めき、小さな音を鳴らした。
才蔵は、仰け反って躱した。
次の瞬間、小平太は苦無《くない》を放った。
苦無は、才蔵の腹に突き刺さった。
才蔵は、顔を激しく歪めて立ち竦《すく》んだ。
小平太は、才蔵に斬り掛かった。
刹那、加賀忍びの者が現れ、小平太に襲い掛かった。
小平太は、左腕の細い鎖を鞭《むち》のように撓《しな》らせ、忍び刀を振るって斬り結んだ。

加賀忍びの者が現れ、倒れた才蔵を連れ去った。

小平太は、加賀忍びと闘った。

烏坊は、表御殿と奥御殿の軒下に張り巡らせた黒い綱を使って飛び、攻め込む加賀忍びに十字手裏剣を浴びせた。

加賀忍びの者は、次々に倒れて退いた。

烏坊は飛んだ。

猿若は、両手に忍鎌《しのびかま》を握り、襲い掛かる加賀忍びの者たちの間を身軽に跳び廻った。

両手の忍鎌の刃が煌めき、加賀忍びの者たちは手足の筋を掻き斬られて倒れた。

加賀忍びの者たちは、闘う力を失って次々に退いた。

加賀忍びは退き始めた。

奥御殿の庭は、長屋塀や屋根の上と違って静けさが保たれていた。

加賀忍びの金剛は、縁の下から奥御殿の空き部屋に忍び込んだ。

金剛は、空き部屋に忍び込んで周囲の様子を窺った。
外の殺し合いの気配が微かに窺えた。
そして、奥御殿の一方から薬湯の臭いが漂って来ていた。
薬湯の臭いの出処に丹後守はいる……。
金剛は睨み、空き部屋から廊下に出た。
廊下は薄暗く人気がなかった。
金剛は、薬湯の臭いを辿って廊下を進んだ。
近習の者たちが宿直《とのい》をして護り、薬湯の臭いのする座敷が丹後守の寝間なのだ。
金剛は、廊下の角を曲がって奥に進んだ。

廊下に明かりが灯され、近習の者たちが宿直をしていた。
金剛は、薬湯の臭いを嗅いだ。
薬湯の臭いは、今迄の中で最も強かった。
丹後守の寝間……。
金剛は見定めた。
宿直の近習共を葬り、一気に寝間に踏み込んで丹後守の首を獲《と》る。

金剛は、音もなく宿直の近習の者たちに近付いた。
宿直の近習の者たちが金剛に気が付いた。
刹那、金剛は宿直の近習の者たちに襲い掛かり、殴り、蹴り倒した。
宿直の近習の者たちは、気を失って倒れた。
一瞬の出来事だった。
金剛は、座敷に踏み込んだ。
座敷に護衛の家来はいなく、薬湯の臭いが満ちていた。
金剛は襖を開けた。
次の間には風炉《ふろ》が置かれ、薬草が煎じられていた。
「此処《ここ》は……」
金剛は戸惑った。
座敷は、丹後守の寝間ではなかった。
誘《おび》き寄せられたか……。
金剛は焦った。
「加賀忍びの頭か……」

左近が背後に現れた。

金剛は振り向いた。

「加賀の金剛。お前は……」

金剛は、左近を睨み付けた。

「はぐれ忍びの左近……」

左近は名乗った。

「はぐれ忍びの左近……」

金剛は眉をひそめた。

「ああ。残念ながら此処は丹後守の寝間ではない。加賀の金剛、お前の死に場所だ」

左近は笑った。

「黙れ……」

金剛は、忍び刀を抜き打ちに一閃した。

左近は跳び退いた。

金剛は、手裏剣を続け様に放った。

左近は、素早く畳を返した。

返した畳には、幾つかの手裏剣が音を立てて突き刺さった。

金剛は、座敷を出ようとした。

左近は、棒手裏剣を放った。

金剛は、座敷の奥に跳び退いた。

「此処からは出さぬ……」

左近は、親しげに笑い掛けた。

「面白い……」

金剛は苦笑した。

「ならば……」

左近は、無明刀を抜き放った。

無明刀は鈍く輝いた。

金剛は、鋭く斬り掛かった。

左近は斬り結んだ。

金剛は跳び退き、微塵《みじん》を投げ付けた。

〝微塵〟とは、小さな金輪に分銅の付いた六寸程の長さの鎖が三本付いている武器だ。

微塵は、三本の鎖を廻しながら飛び、無明刀に絡み付いた。
左近は眉をひそめた。
金剛は、冷徹な笑みを浮かべて左近に斬り掛かった。
左近は、跳び退いて躱した。
金剛は、間断なく斬り掛かった。
左近は、必死に躱しながら無明刀から微塵の鎖を外そうとした。
だが、微塵の鎖は無明刀から外れなかった。
左近は、微塵の鎖の絡み付いた無明刀を上段に構えた。
隙だらけだ……。
金剛は嘲笑い、左近との間合いを一気に詰めて斬り掛かった。
剣は瞬速……。
無明斬刃……。
左近は、微塵の絡み付いた無明刀を上段から斬り下げた。
鈍い音が鳴った。
金剛は、無明刀に絡み付いた微塵に額を鋭く打たれ、眼を瞠《みは》ったまま立ち竦んだ。

左近は、無明刀の鋒《きっさき》を下に向けて一揺らしした。

無明刀に絡み付いていた微塵が落ち、金属音を鳴らした。

金剛は、膝から落ちて前のめりに倒れた。

左近は、金剛の死を見定めて無明刀を鞘《さや》に納めた。

己の得物に命を獲られるとは……。

左近は、金剛を哀れんだ。

「終わったか……」

高岡主水は、忍び姿の陣内と一緒に入って来た。

「うむ。どうにかな。外はどうだ……」

左近は尋ねた。

「加賀忍びの者共は、助太刀の若い三人に蹴散らされて既に引き上げた」

陣内は笑った。

「それは重畳《ちょうじょう》……」

左近は頷いた。

左近は、奥御殿の屋根に上がった。

小平太、烏坊、猿若は、力を出し尽くして闘った爽快感を浮かべていた。

「見事な闘いぶりだったそうだな」

左近は誉《ほ》めた。

「陽炎さまに鍛えられたお陰ですか……」

小平太は苦笑した。

「うむ。小平太、烏坊、猿若、秩父忍びの存亡はお前たちに懸かっている」

「左近さま……」

「加賀忍びとの此度《こたび》の闘い、本当に助かった。礼を申す……」

左近は、小平太、烏坊、猿若に礼を云って頭を下げた。

加賀忍びの金剛は滅んだ。

金沢藩江戸御留守居役大原刑部と目付の望月小五郎は鳴りを潜めた。

七日市藩江戸上屋敷は平静を取り戻した。

左近は、江戸家老高岡主水から受け取った礼金を小平太、烏坊、猿若に持たして秩父に帰し、丹後守の影武者陣内を護り続けた。

「して高岡どの、丹後守さまの傷の具合は如何なのだ」

左近は尋ねた。

「うむ。喜平次の報せでは、随分と良くなったそうだ」

高岡は、安堵の笑みを浮かべた。

「ならば、そろそろ上屋敷に戻っていただいてはどうだ……」

左近は告げた。

「うむ……」

「上屋敷に戻って登城し、若さまに家督《かとく》を譲る迄は病などでは死なぬと、天下に御健在ぶりを示されるのだな」

左近は、丹後守の帰還を勧めた。

「そうすれば、金沢藩と大原刑部も我が藩に末の若さまを押し付けるのを諦めるか……」

高岡は読んだ。

「うむ。違うかな……」

左近は笑った。

四

「加賀忍びの金剛、得体の知れぬ忍びの者に討ち取られるとは、口程にもない……」

金沢藩目付の望月小五郎は、腹立たしげに吐き棄てた。

「申し訳ございませぬ」

加賀忍びの小頭才蔵は、苦しげに顔を歪めて詫びた。

「大原刑部さまも御立腹で私の立場もない」

望月は、怒りを滲ませた。

「望月さま、加賀忍びの汚名、此の才蔵が必ず雪《そそ》いで御覧にいれます」

才蔵は告げた。

「才蔵、手負いのお前に何が出来る……」

望月は、才蔵に蔑《さげす》みと侮《あなど》りの冷たい眼を向けた。

「そ、それは……」

才蔵は、小平太に苦無で刺された腹の傷をそれとなく庇《かば》った。

「丹後守は、お前の傷が癒《い》える前に病が治ったと登城するに決まっている」

望月は、怒りを露《あら》わにして吐き棄てた。

才蔵は、暗い眼で平伏《へいふく》した。


七日市藩藩主前田丹後守は、密《ひそ》かに傷の治療をしていた押上村の江戸下屋敷から上屋敷に戻る事になった。

「既に江戸上屋敷におられるはずの殿が戻られるのだ。余りにも厳重な警戒をして世間が不審に思うような真似は出来ぬ」

高岡主水は眉をひそめた。

「ならば、高岡どのと私が迎えに行って丹後守さまをお連れするしかあるまい」

「ならば、下屋敷からの護衛は……」

「喜平次だけで良いかと……」

左近は、事も無げに云い放った。

「三人で大丈夫か……」

高岡は、不安を過《よぎ》らせた。

「影武者の陣内を連れて来た時と同様に、屋根船で行ってお連れするだけだ。我らが不審を抱かれぬ限り、造作《ぞうさ》はあるまい」

左近は告げた。

「成る程、それが上策かな……」

高岡は頷いた。

前田丹後守が七日市藩江戸上屋敷に帰るのは、明日と決まった。

「そうか。影武者の役目も明日、丹後守さまが戻る迄か……」

陣内は頷いた。

「うむ。明日の夜は、久しぶりに浜町堀の柿ノ木長屋で親子三人水入らずで晩飯を楽しむのだな」

左近は笑い掛けた。

「ああ。そうさせて貰う」

陣内は、嬉しげに微笑んだ。

「うむ……」

左近は頷いた。

翌日、左近は高岡主水と一緒に屋根船に乗り、本所横川法恩寺橋の船着場に向かった。

内濠から外濠を抜けて日本橋川に出る。そして、日本橋川から大川に出て横切り、本所竪川を進んで横川に曲がる。

横川に法恩寺橋船着場がある。

江戸家老の高岡主水と左近の乗った屋根船は、何事もなく横川の法恩寺橋の船着場に進んだ。


押上村の七日市藩江戸下屋敷では、殆《ほとん》ど傷の癒えた前田丹後守が二人の近習と森の喜平次の世話で出掛ける仕度をしていた。

丹後守は、十徳《じっとく》を着て医者を装った。

「薬湯の臭いが染み付いた身だ。医者に化けるのが一番だ」

丹後守は、病み上がりの蒼白い顔を綻《ほころ》ばせた。

「はい……」

喜平次は苦笑した。

「申し上げます……」

近習の一人が、丹後守たちのいる座敷にやって来た。

「どうした……」

「江戸家老の高岡主水さまが参りました」

「通せ……」

「はい……」

近習が立ち去り、高岡主水と左近が座敷にやって来た。

「此れは殿……」

高岡は、十徳を着ている丹後守に驚いた。

「おう、主水。此れに頭巾を被るぞ」

丹後守は、傍らにあった頭巾を手にして笑った。

「成る程、それなら丹後守さまとは気付かれませぬな」

「うむ。して、そなたは……」

丹後守は、高岡の背後に控えている左近を見た。

「殿、はぐれ忍びの左近どのにございます」

高岡は、丹後守に左近を引き合わせた。

「おお、おぬしが左近か。話は主水や喜平次から聞いている。物の怪に取り憑かれた者を操った坊主共も成敗《せいばい》したそうだな」

丹後守は、左近に笑い掛けた。

「はあ……」

左近は苦笑した。

「七日市藩の為に良く働いてくれた。此の通りだ。礼を申すぞ」

丹後守は、左近に頭を下げた。

「いえ。私は雇われた迄の事、礼には及びません」

左近は告げた。

「では殿、御仕度が出来ているなら、上屋敷に出立致しますか……」

高岡は、丹後守を促した。

「うむ。良かろう」

丹後守は頷き、頭巾を被った。

左近は笑った。


町医者に形《なり》を変えた丹後守は、高岡主水と森の喜平次、左近と共に法恩寺橋の船着場に行き、係留されていた屋根船に乗った。そして、高岡と障子の内に入った。

「ならば、左近どの……」

喜平次は、緊張した面持ちで左近の指示を仰いだ。

「うむ。行く手は引き受けた、背後を頼むぞ」

左近は告げた。

「心得た」

喜平次は頷き、障子の内に入った。

左近は、屋根船の舳先に立ち、行く手と両岸を窺った。

変わった事もなければ、不審な者もいない。

左近は見定めた。

「よし。船を出してくれ」

左近は、船頭に命じた。

「合点《がってん》です」

船頭は、棹を使って船着場から屋根船を離した。

屋根船は、静かに横川を進み始めた。

左近は、鋭い眼差しで横川の行く手と両岸を窺った。

影武者も今日が最後だ……。

陣内は、丹後守の寝間着姿で蒲団に座っていた。

江戸家老の高岡主水と左近は、江戸下屋敷に丹後守を迎えに行った。そして、丹後守が上屋敷に戻って来れば、影武者の役目は終わるのだ。

今夜、女房のおふみと五歳になる一人娘のおたまに逢える……。

陣内は、女房のおふみと子供のおたまの笑顔を思い浮かべた。

おたまに土産を買っていかねばならない。

さあて、おたまは何を喜ぶのか……。

陣内は、楽しい思案をした。


七日市藩江戸上屋敷の南北の両隣は旗本屋敷であり、余り警備などはしていない。

加賀忍びの小頭才蔵は、腹の傷に晒布を巻いて押さえ、北側の旗本屋敷に忍び込んだ。

旗本屋敷では、中間《ちゅうげん》小者たちが仕事をしているだけで、家来たちの姿は見えなかった。

才蔵は、庭の植え込み伝いに進み、南側の土塀の陰に忍んだ。

土塀の向こうは、七日市藩江戸上屋敷の土塀であり奥庭がある。

才蔵は、旗本屋敷の者がいないのを見定め、土塀を素早く乗り越えた。

七日市藩江戸上屋敷の奥庭に人の気配はなく、金剛を斃した得体の知れぬ忍びの者の気配も窺えなかった。

才蔵は、植え込みの陰に忍んで奥御殿を眺めた。

奥御殿の何処かで丹後守が傷の養生をしている……。

才蔵は見据えた。

「才蔵、手負いのお前に何が出来る……」

望月小五郎の蔑みと侮りの冷たい眼を思い出した。

才蔵は、怒りと悔しさ、そして無念さを覚えずにはいられなかった。

加賀忍びの汚名を必ず雪《すす》ぐ……。

才蔵は、奥御殿に向かって奥庭の植え込みの陰を進んだ。

奥御殿の周囲には、家来たちが警護をしていた。
手負いの身だ。丹後守に襲い掛かる時以外には、技も力も使いたくはない。
才蔵は、警戒する家来たちの眼を盗んで奥御殿の中に忍び込んだ。
息を殺し、己の気配を必死に隠して……。
だが、晒布を巻いた腹の傷は痛み、傷口が僅かに開いて血が滲んだ。
血の臭いに気付かれる……。
才蔵は、焦りを覚えた。
その前に必ず……。
才蔵は、奥御殿の中に丹後守の寝間を探した。

丹後守を乗せた屋根船は、大川から日本橋川に入った。
左近は、屋根船の舳先に立って周囲の警戒を続けた。
擦れ違う船や橋の上に不審はなかった。
左近は見定めた。

才蔵は、奥御殿に丹後守の寝間を探し続けていた。

廊下の先には、二人の近習の武士が座って警戒をしていた。
寝間だ……。
才蔵は、丹後守の寝間を漸く見付けた。
丹後守の寝間は、近習の者たちが幾重にも取り囲んで護っているのだ。
近習の者たちと闘えば、丹後守を襲う前に斃されてしまうかもしれない。
丹後守に出来るだけ忍び寄り、一気に始末するしかないのだ。
才蔵は、寝間から離れた空き座敷に忍び込んだ。

天井裏から近付くしかない……。
才蔵は、空き座敷の長押《なげし》から天井裏に忍び込んだ。
天井裏は薄暗く、黴《かび》と埃の臭いに満ちていた。
才蔵は、寝間の方向の暗がりを透かし見た。
梁と天井板には撒《ま》き菱《びし》が撒かれ、柱には鳴子《なるこ》が縦横に張り巡らされていた。
その下に丹後守の寝間がある……。
才蔵は読んだ。
鳴子の張り巡らされた方には、通路が作られていた。

見定めた……。

才蔵は、撒き菱と張り巡らされた鳴子を躱して寝間に出入りしている者がいるのに気が付いた。

金剛を斃した得体の知れぬ忍びの者か……。

才蔵は、緊張に突き上げられた。

奴が現れたら一溜《たま》りもない……。

才蔵は焦り、寝間への通路を進んだ。

通路の先の天井板は開き、下に寝間の次の間が見えた。

下から人の気配と薬湯の臭いが微かにした。

丹後守の寝間……。

才蔵は見定めた。

よし……。

才蔵は、天井裏から寝間の次の間に音もなく跳び下りた。

才蔵は、苦無を固く握り締めて腹の傷の痛みを必死に堪《こら》えた。

寝間に人の動く気配はない……。

才蔵は、寝間を窺った。
寝間に敷かれた蒲団には、寝間着を着た四十歳前後の男が横たわっていた。
前田丹後守……。
才蔵は、喉を鳴らして苦無を握り直し、丹後守に跳び掛かった。
刹那、陣内は蒲団を跳ね上げて跳び起きた。
才蔵は怯《ひる》んだ。
陣内は、忍び刀を振るった。
才蔵は、顔面を斬られて血を飛ばしながらも陣内に組み付いた。
陣内は、才蔵を振り払おうとした。
才蔵は、必死に陣内にしがみ付いて苦無を突き刺した。
陣内は、背中を刺されて仰け反った。
才蔵は、尚《なお》も陣内の背中を突き刺した。
「おのれ、加賀忍びか……」
陣内は問い質《ただ》した。
「加賀忍びの才蔵、丹後守の命を貰い受ける」
才蔵は、苦しく顔を歪めて笑った。

「馬鹿野郎、俺は影武者だ……」
陣内は、頬を引き攣《つ》らせて苦笑した。
「な、何……」
才蔵は気が付き、呆然とした面持ちで絶命して斃れた。
陣内は、大きな吐息を洩らし、斃れている才蔵の上に倒れた。
その背から血が流れた。
左近は、丹後守、高岡主水、喜平次と何事もなく七日市藩江戸上屋敷に到着した。
上屋敷の者たちは、十徳姿の丹後守に驚き騒然とした。
左近は、微かな血の臭いを嗅いだ。
まさか……。
左近は、不吉な予感に襲われて奥御殿の寝間に走った。
血の臭いは強くなった。
左近は、寝間に走った。

寝間の警護をしていた近習の者たちが驚き、狼狽えた。

左近は、構わず寝間に跳び込んだ。

寝間の襖を開けると、血の臭いが鼻を突いた。

左近は立ち竦んだ。

寝間の蒲団の上には、陣内と忍びの者が重なって倒れていた。

「陣内……」

左近は、陣内に駆け寄って抱き起こした。

陣内には、微かに息があった。

「陣内……」

左近は、陣内を揺り動かした。

「左近……」

陣内は、意識を取り戻した。

「加賀忍びか……」

左近は、死んでいる才蔵を見た。

「ああ、加賀忍びの才蔵だ……」

陣内は、微かな息の下で告げた。

「良くやった。お陰で丹後守さまは無事に戻った……」

「そうか。お、おふみ、おたま……」

陣内は、微笑みを浮かべて息を引き取った。

「陣内……」

左近は、はぐれ忍びの陣内が影武者の役目を果たして絶命したのを見届けた。

奥御殿には、丹後守の元気な姿を見た家臣たちの明るい騒めきが広がっていた。

神田川の流れに月影は揺れ、柳原通りの柳並木は夜風に枝葉を揺らした。

「そうか、陣内は死んだか……」

嘉平は眉をひそめた。

「影武者の役目を立派に果たしてな……」

左近は、嘉平の差し出した湯呑茶碗の酒を飲んだ。

「別に立派じゃあなくても良かったんだ……」

嘉平は、笑みを浮かべて酒を飲んだ。

「ああ……」

左近は頷いた。

「約束の日迄、無難に役目を務めれば良かっただけなのに……」

嘉平は、酒を飲み干した。

「何《いず》れにしろ、此れで此度の七日市藩の高岡主水に頼まれた仕事は終わった」

左近は酒を飲んだ。

夜風は、酒を飲む左近の鬢《びん》の解《ほつ》れ毛を揺らした。


七日市藩藩主前田丹後守は、病が治ったと公儀に届け出て登城した。

金沢藩江戸御留守居役の大原刑部は隠居し、目付の望月小五郎は急な病で頓死《とんし》した。

左近は、大原刑部が詰腹《つめばら》を切らされ、望月小五郎が切腹をさせられたのを知った。

第三章　柿ノ木長屋

一

浜町堀の流れは緩《ゆる》やかであり、船を操る船頭の棹の雫《しずく》は煌めいた。

左近は、浜町堀沿いの道を元浜町に向かっていた。

元浜町の柿ノ木長屋……。

柿ノ木長屋には、七日市藩藩主前田丹後守の影武者を務めて死んだはぐれ忍びの陣内の家があり、女房のおふみと一人娘のおたまが暮らしている。

おふみに革袋に入った切り餅と手紙を届ける……。

左近は、陣内との約束を果たす為、元浜町にやって来た。

「此《こ》の先の辻を左に曲がったら柿の木が見えます。そこが柿ノ木長屋ですよ」

　元浜町の木戸番は、柿ノ木長屋の場所を教えてくれた。

「そうか。造作を掛けたな……」

　左近は、木戸番に礼を云って通りを進んだ。そして、小さな辻を左に曲がった裏通りの先に柿の古木が見えた。

　あそこか……。

　左近は、柿の古木に向かった。


　柿の古木の傍に木戸があり、古い長屋があった。

　柿ノ木長屋だ……。

　左近は、柿ノ木長屋を眺めた。

　柿ノ木長屋は、既におかみさんたちの洗濯とお喋りの時も過ぎ、井戸端では幼い子供たちが楽しげに遊んでいた。

　陣内の子のおたまもいるかもしれない……。

　左近は、幼い子供たちに近付いた。

「此の中におたまちゃんはいるかな……」

左近は、子供たちに笑い掛けた。

「私がおたまだよ」

五歳程の女の子が手をあげた。

「お父《と》っちゃんは陣内、おっ母《か》ちゃんはおふみさんかな」

「うん……」

おたまは、元気良く頷いた。

間違いない……。

「そうか。おたまちゃん、家は何処《どこ》かな」

左近は笑い掛けた。

「こっち……」

おたまは、奥の家に走った。

左近は続いた。

「おっ母ちゃん、誰か来たよ」

おたまは、奥の家の腰高障子を開けて家の中に叫んだ。

「誰か来たって……」

家から中年のおかみさんが出て来た。

「遊んで来る……」

おたまは、子供たちの許に駆け戻った。

「あの……」

おふみは、左近に怪訝《けげん》な眼を向けた。

「陣内のおかみさんのおふみさんかな……」

左近は尋ねた。

「は、はい……」

おふみは、左近を見て微かな緊張を過《よぎ》らせた。

「私は日暮左近、陣内に頼まれて来た」

左近は告げた。

「どうぞ、お入りください」

おふみは、緊張を滲《にじ》ませて左近を家に招き入れた。

「邪魔をする」

左近は家に入った。

「どうぞ……」

おふみは、左近に茶を差し出した。

「忝《かたじけな》い……」

左近は、礼を述べて茶を啜《すす》った。

「それで、うちの人に頼まれた事とは……」

おふみは、左近を見詰めた。

「此れを渡してくれと頼まれた……」

左近は、切り餅と手紙の入った革袋をおふみに差し出した。

「此れを……」

おふみは、強張《こわば》った面持ちで革袋を見詰めた。

「うむ……」

左近は頷いた。

「そうですか……」

おふみは、陣内の死を悟ったのか、その眼に涙を溢れさせた。

「おふみさん……」

「うちの人はどうして……」

「私と一緒にある藩に雇われ、陣内は殿さまの影武者を務めて……」

「影武者……」

「うむ。そして、襲い掛かって来た敵と闘い、影武者の役目を果たして……」

「死にましたか……」

おふみは涙声で尋ねた。

「敵を斃《たお》して……」

左近は頷いた。

「そうですか……」

おふみの眼に溢れた涙が零《こぼ》れた。

「革袋には、影武者の報酬とおふみさんへの手紙が入っているそうだ」

左近は、おふみに革袋を渡した。

おふみは、革袋を握り締めた。

「やっと助かった命なのに……。所詮ははぐれ忍び、いつかはこうなると……」

おふみは、声を押し殺して泣いた。

左近は、慰める言葉もなく、見守るだけだった。

おたまの楽しげな笑い声が表から聞こえて来ていた。

左近は、おふみを町駕籠《まちかご》に乗せ、麹町にある浄真寺《じょうしんじ》に向かった。

おふみは、おたまを同じ歳のおはるのいる居職《いじょく》の錺職《かざりしょく》の幸助《こうすけ》おゆみ夫婦に預けた。

陣内の遺体は、七日市藩江戸家老高岡主水の手配によって浄真寺に安置されていた。

おふみは、陣内の遺体に取り縋《すが》って泣いた。

左近は、おふみと共に陣内を弔い、裏の墓地に葬った。

住職の読経が続く間、おふみは真新しい墓標に手を合わせ続けた。

左近は、おふみの深い哀しみを知った。


夕方。

左近は、おふみを柿ノ木長屋に送って来た。

おふみは、錺職の幸助とおゆみの家を訪れ、おたまを連れて来た。

「おじさん、帰るの……」

おたまが駆け寄って来た。

「うむ。おたまちゃん、おっ母ちゃんと仲良くな……」

「うん。おたま、おっ母ちゃんと仲良しだよ」

おたまは笑顔で告げた。

「そうか、良い子だ……」

左近は、おたまを誉めた。

おたまは、嬉しげに笑った。

「いろいろお世話になりました……」

おふみは、左近に深々と頭をさげた。

「いや……」

左近は会釈をした。

「待て、待ってくれ……」

「煩《うる》せえ……」

派手な半纏《はんてん》を着た男たちが、止めようとする羽織を着た白髪《しらが》頭の年寄りを引き摺《ず》りながら木戸から入って来た。

白髪頭の年寄りは突き飛ばされ、悲鳴をあげて倒れた。

左近は眉をひそめた。

「大家さん……」

おふみは思わず叫んだ。

白髪頭の年寄りは、柿ノ木長屋の大家の仁兵衛《じんべえ》だった。

長屋の家々の住人たちが、仁兵衛の悲鳴を聞いて怪訝な面持ちで出て来た。

「おう。長屋の衆、柿ノ木長屋は今日から神田の明神《みょうじん》一家の儀市《ぎいち》の貸元《かしもと》の持ち物になった」

派手な半纏を着た兄貴分の男が、薄笑いを浮かべておふみたち長屋の住人たちに告げた。

「そんな。大家さん、どうなってんだい」

中年のおかみさんが叫んだ。

「そうだ。大家さん……」

「どうして、柿ノ木長屋が博奕《ばくち》打ちの貸元の物になるんだ」

長屋の住人たちは、口々に叫んだ。

「煩せえ。静かにしろ……」

兄貴分の男が怒鳴り、威嚇《いかく》した。

おかみさんたち長屋の住人たちは怯《おび》え、口を噤《つぐ》んで後退《あとずさ》りした。

おたまは、おふみにしがみついた。

左近は見守った。

「大家の処《ところ》の倅《せがれ》がうちの貸元に借金を作ってな。その借金の形《かた》に此の柿ノ木長屋を引き渡すって大家の印判《いんばん》を押した証文があるんだぜ」

兄貴分の男は嘲笑った。

「大家さん……」

「本当なのかい……」

長屋の住人たちは驚いた。

「済まない。済まない。倅の良吉《りょうきち》が博奕に負けて、私の知らぬ内に証文に印判を押してしまって。済まない」

大家は、涙声で詫びた。

「そんな……」

長屋の住人たちは、驚いて言葉を失った。

おふみは、おたまを抱き締めた。

「それで、今月から家賃を値上げする。そいつが不服なら出て行って貰う。いいな」

兄貴分の男は笑った。

「冗談じゃあねえ……」

錺職の幸助が怒り、怒鳴った。

「何だと……」

兄貴分の男は、配下の者たちを促した。

配下の者たちは、怒った幸助を捕まえて殴り飛ばした。

幸助は倒れた。

配下の者たちは、倒れた幸助を蹴飛ばした。

「お前さん……」

女房のおゆみは、幸助に縋り付いて庇《かば》った。

「おゆみさん……」

おふみは、おたまとともに、幸助おゆみの子供おはるを抱き締めた。

「退《ど》け……」

配下の者たちは、女房のおゆみを引き摺り倒し、尚も幸助を蹴飛ばした。

幸助は、頭を抱えて身を縮めた。

おふみたち住人と大家の仁兵衛は恐ろしげに身を縮め、おたまたち子供は泣き出した。

左近は進み出て、幸助を蹴飛ばしている配下の者たちを次々に引き摺り倒し、投げ飛ばした。

配下の者たちは、地面に叩きつけられて悲鳴をあげた。

「何だ、手前《てめえ》……」

兄貴分の男は、驚きに声を震わせた。

「お前の名は……」

左近は、兄貴分の男に殺気を放った。

兄貴分の男は、殺気を浴びて云い知れぬ恐怖を感じた。

「お、俺は明神一家の代貸《だいがし》の源治《げんじ》だ……」

兄貴分の男は、懸命に虚勢を張った。

「代貸の源治か……」

左近は、殺気を消して微かに笑った。

「あ、ああ……」

代貸の源治の恐怖は募った。

「此《こ》れ以上の乱暴狼藉《ろうぜき》は命取り……」

左近は、派手な半纏を着た代貸の源治と配下の者に踏み出した。

源治と配下の者は、怯えを滲ませて後退りをした。

「それでもやるか……」

左近は笑い掛けた。

源治と配下の博奕打ちたちは、身を翻《ひるがえ》して我先に逃げ出した。

「大丈夫かい、お前さん……」

おゆみが幸助に駆け寄った。

「ああ……」

幸助は、悔しげに顔を歪めた。

「大家さん……」

おふみたち住人は、呆然と座り込んでいる大家を取り囲んだ。

左近は見守った。

馬喰町の公事宿『巴屋』は、夜風に暖簾を揺らしていた。

「元浜町の柿ノ木長屋ですか……」

主の彦兵衛は訊き返した。

「ええ。大家の仁兵衛の知らぬ内に倅の良吉が勝手に印判を押した証文ですが、通用するものですか……」

左近は訊いた。

「ま、印判が本物ならば、一応は通用するでしょうね」

彦兵衛は告げた。

「そうですか……」

「ですが、事と次第によっては通用しない場合もありますぜ」

下代《げだい》の房吉《ふさきち》は、小さく笑った。

「通用しない場合……」

「ええ。印判を盗んだり、脅したりしての事とはっきり証明出来れば……」

「通用させずに済みますか……」

「ええ……」

房吉は頷いた。

「そうですか……」

「ところで左近さん、明神一家の貸元の儀市、何が狙いで柿ノ木長屋に手を出すのですかね」

彦兵衛は眉をひそめた。

「さあ、そいつは未だ良く分からないが……」

左近は首を捻った。

「明神一家の儀市、博奕打ちの癖に旗本や大店《おおだな》の旦那と裏で繋がっているって噂です。何を企《たくら》んでいるのか……」

房吉は吐き棄てた。

「で、左近さんはどうしたいのですか……」

彦兵衛は、左近を見詰めた。

「出来るものなら柿ノ木長屋、護ってやりたいのだが……」

「そうですか。どうだい房吉……」

「あっしの扱っていた公事は、昨日で一段落していますので、良いですよ」

房吉は頷いた。

左近は笑った。

「ありがたい。じゃあ……」

「先《ま》ずは、柿ノ木長屋の大家さんに話を通すのですね」

彦兵衛は勧めた。

「心得た……」

左近は頷いた。

浜町堀の流れは緩やかに煌めいた。

大家仁兵衛の家は、柿ノ木長屋の隣の板塀を廻した仕舞屋《しもたや》だった。

左近と房吉は、仁兵衛の家を訪れた。

仁兵衛は、左近と房吉を座敷に通した。

「どうぞ……」

仁兵衛のお内儀《ないぎ》が茶を差し出した。

「忝い……」

「戴《いただ》きます……」

左近と房吉は、茶を啜った。

「そうでしたか、馬喰町の公事宿巴屋の方だったのですか……」

大家の仁兵衛は頷いた。

「はい。で、良ければ柿ノ木長屋の一件、巴屋に預ける気はありませんか……」

左近は訊いた。

「柿ノ木長屋の一件……」

「ええ……」

左近は頷いた。

「お預け頂ければ、明神一家の儀市との話し合いの一切は、手前共がお引き受け致しますが……」

房吉は告げた。

「お願いします」

仁兵衛とお内儀は頭を下げた。

「して、証文に勝手に印判を押した倅の良吉さんは……」

左近は尋ねた。

「それが、ここ二、三日、家に帰って来ないのです」

お内儀は、哀しげに告げた。

「どうせ、女郎屋《じょろう》にでも居続けているんだろ」

仁兵衛は、腹立たしげに吐き棄てた。

「左近さん……」

房吉は眉をひそめた。

「ええ……」

左近は、緊張を滲《にじ》ませた。

倅の良吉は、明神一家に押さえられているのかもしれない。

左近と房吉は読んだ。

「じゃあ、柿ノ木長屋の一件、公事宿巴屋が預かったと、明神一家の貸元の儀市に挨拶に行きますか……」

房吉は、不敵に云い放った。

「ええ……」

左近は笑った。

明神一家は、神田川に架かっている昌平《しょうへい》橋から不忍池を繋ぐ明神下の通りにあった。

「あそこですね……」

房吉は、三下《さんした》たちが表の掃除をしている明神一家を示した。

「ええ。貸元の儀市、居れば良いんですがね」

左近と房吉は、明神一家に向かった。

「やあ。儀市の貸元はおいでかい……」

房吉は、三下に尋ねた。

「へい。どちらさまで……」

三下は、左近と房吉に警戒する眼を向けた。

「馬喰町の公事宿巴屋の者だが、元浜町の柿ノ木長屋の事でちょいとね」

房吉は笑った。

「分かりました。ちょいとお待ち下さい」

三下は、箒《ほうき》を置いて店の奥に駆け込んだ。


「馬喰町の公事宿巴屋の房吉さんと日暮左近さんかい……」

明神一家の貸元儀市は、肥《ふと》った身体を揺らし、禿《は》げ頭を光らせた。

「ええ、明神の儀市の貸元ですね……」

房吉は念を押した。

「ああ。で、元浜町の柿ノ木長屋の事で何か話があるのかい……」

「はい。大家の仁兵衛さんから柿ノ木長屋に拘《かか》わる一切を任せて頂きましてね」

房吉は、儀市に笑い掛けた。

「へえ。そうなのかい……」

儀市は、嘲りを浮かべた。

「はい。で、御挨拶がてら、先ずは柿ノ木長屋を借金の形にするという証文を見せていただきたいと思いましてね」

房吉は、儀市を見据えた。

「ああ。良いとも……」

儀市は苦笑し、縁起棚《えんぎだな》の下の引出しから一枚の証文を取り出した。

房吉は、証文を受け取って見た。

証文には、借金百両、借主は仁兵衛と書かれて印判が押され、期限迄に返せない時には元浜町柿ノ木長屋を引き渡すと書かれていた。

房吉と左近は、証文を読んだ。

「成る程。で、期限が過ぎましたか……」

房吉は苦笑した。

「ああ。此の証文がある限り、此の俺が柿ノ木長屋をどうしようと文句はない筈だぜ」

儀市は、狡猾《こうかつ》な笑みを浮かべた。

「ええ。ですが、此《これ》を書いたのは大家の仁兵衛さんになっていますが、仁兵衛さんには書いた覚えはないと……」

房吉は告げた。

「覚えはなくても仁兵衛と書いてあり、印判を押してありゃあいいんだぜ」

儀市は嘲笑した。

「儀市の貸元、そいつは違います。書いた字が本人のものでなく、印判を盗んで押したとなれば、御上《おかみ》はちゃんとした証文とは認めちゃあくれませんぜ」

房吉は苦笑した。

「何……」

儀市は、戸惑いを滲ませた。

「儀市の貸元、此の証文が本物だとはっきりと証明出来る迄、柿ノ木長屋に一切の手出しは無用ですぜ」

房吉は釘を刺した。

「お前さん。此の明神の儀市に因縁を付けようってのかい……」

儀市は、肥った顔を歪めて凄《すご》んだ。

「因縁も何も、当たり前の事を云った迄でしてね。御上の方には巴屋から報せておきます」

房吉は笑った。

「手前……」

儀市は、怒りを露わにした。

襖《ふすま》が開き、子分の博奕打ちたちが入って来て左近と房吉を取り囲んだ。

「御上に報せるなんて余計な真似をすると、只《ただ》じゃあ済まねえぜ……」

儀市は、楽しそうに云い聞かせた。

「何が只じゃあ済まないのだ……」

左近は、長火鉢越しに儀市の胸倉を摑んで引き摺り寄せた。

長火鉢に掛けられた鉄瓶の熱い湯気が儀市の顔に当たった。

儀市は、熱い湯気から逃げようとした。

左近は、儀市が逃げるのを許さなかった。

「あ、熱い……」

儀市の顔は鉄瓶の熱い湯気に濡れ、恐怖に醜く引き攣った。

「か、貸元……」

子分の博奕打ちたちは狼狽《うろた》えた。

「挨拶は此れ迄だ。邪魔したな」

左近は、儀市を突き飛ばして立ち上がった。

「じゃあ、儀市の貸元、今日はこれで……」

房吉は、嘲りを浮かべて左近に続いた。

二

明神一家の貸元儀市はどう動く……。

左近と房吉は、斜向《はすむ》かいの家並の路地に潜んで明神一家を見張った。

「何《いず》れにしろ、仁兵衛さんの倅の良吉ですね」

房吉は睨んだ。

「良吉ですか……」

左近は眉をひそめた。

「ええ。偶々《たまたま》儀市の賭場《とば》で博奕に負けたのか、最初から仕組まれた企みに嵌《はま》ったのか。それによって、儀市が柿ノ木長屋を借金の形に取る狙いが分かるかもしれません」

房吉は読んだ。

「そいつは、良吉に問い質すしかありませんね」

「ですが、良吉は何処にいるのか……」

房吉は首を捻った。

「ひょっとしたら、儀市たちに押さえられているか……」

左近は読んだ。

「ええ。明神一家の息の掛かった処《ところ》にいるのかもしれませんよ」

房吉は読んだ。

「ええ……」

左近は頷いた。

「左近さん……」

房吉が明神一家を示した。

二人の博奕打ちが明神一家から現れ、明神下の通りを不忍池に向かった。

「追ってみます」

左近は告げた。

「承知……」

房吉が頷いた。
左近は、二人の博奕打ちを追った。
房吉は見送り、明神一家を見張り続けた。

不忍池は煌めいていた。
明神一家の二人の博奕打ちは、不忍池の畔《ほとり》を西に進んだ。
何処に行くのか……。
左近は、二人の博奕打ちを尾行《つけ》た。
二人の博奕打ちは、不忍池の畔を西から北に曲がり、根津権現《ねづごんげん》への道に向かった。
行き先は根津権現か……。
左近は読んだ。
二人の博奕打ちは、根津権現門前の宮永町《みやながちょう》に入り、掘割に進んだ。
掘割沿いの奥に古寺の西光寺《さいこうじ》はあった。
二人の博奕打ちは、掘割沿いを西光寺の裏手に廻った。
西光寺に明神一家の賭場でもあるのか……。

左近は続いた。

二人の博奕打ちは、西光寺の裏門に進んだ。

西光寺の裏門には、明神一家の三下と思われる若い衆がいた。

二人の博奕打ちは、若い衆に声を掛けて裏門を潜った。そして、裏庭にある古い家作《かさく》に入って行った。

左近は見届けた。

家作が賭場であり、ひょっとしたら柿ノ木長屋の大家の倅の良吉が居続けているのかもしれない。

左近は読んだ。

よし……。

左近は、裏門の見張りをしている若い衆に近付いた。

若い衆は、近付く左近に怪訝な眼を向けた。

「やあ。あの家作、明神一家の賭場かな……」

左近は笑い掛けた。

「え、ええ……」

若い衆は、躊躇《ためら》いがちに頷いた。

「やはりな。して、良吉はいるのかな」

左近は、若い衆を見据えた。

「良吉……」

若い衆は、戸惑いを浮かべた。

「ああ。柿ノ木長屋の大家の倅だ」

「ああ。あの良吉さんならいませんぜ」

若い衆は笑った。

「いない……」

「はい。博奕で大負けして、随分と借金を作りましてね。どうにか返す目途《めど》を付けてからは、此処《ここ》には来ちゃあいませんよ」

若い衆は告げた。

「そうか。此処にはいないか……」

「ええ。大負けした験《げん》の悪い賭場。来いと云われても二度と来たくありませんぜ」

若い衆は苦笑した。

「ならば、良吉が何処にいるかは……」

「知りませんよ……」

若い衆は、迷惑そうに首を捻った。

嘘偽りはない……。

左近の勘は囁いた。

「そうか。お前、名前は……」

「金次《きんじ》です」

「そうか、金次、造作を掛けたな。此奴《こいつ》は他言無用だ」

左近は、金次に素早く小粒《こつぶ》を握らせた。

「はい……」

金次は、嬉しげに小粒を固く握り締めて頷いた。

左近は苦笑した。

「金次、ちょっと来い。金次……」

家作から金次を呼ぶ男の声がした。

「は、はい。じゃあ、旦那……」

金次は、左近に会釈をし、家作に駆け込んで行った。

左近は、追って家作に走った。

明神一家から来た二人の博奕打ちは、代貸の源治たちと賭場にいた。

「代貸、何か御用ですか……」

金次が入って来た。

「金次、お前、柿ノ木長屋の大家の倅の良吉、知っているな」

源治は訊いた。

「へ、へい……」

金次は、左近に続いての質問に戸惑った。

「今、何処にいるか知っているか……」

「いえ、そいつは知りませんが……」

「知らねえか……」

「はい……」

「聞いての通りだ……」

源治は、二人の博奕打ちに告げた。

「はい。じゃあ、他を捜してみます」

「ああ。それにしても昨日の浪人、公事宿の野郎だったとはな……」
源治は、腹立たし気に吐き棄てた。

左近は、賭場の戸口に忍び、代貸の源治と二人の博奕打ちの話を聞いた。
明神一家の貸元儀市は、子分の博奕打ちたちに命じて良吉を捜し始めたのだ。
左近は知った。
それは、都合の悪い事を云わぬように口を封じる為なのか……。
左近は読んだ。

明神一家の店土間では、二人の三下が賽子《さいころ》で遊んでいた。
房吉は見張った。
貸元の儀市が総髪の浪人を従え、明神一家から出て来た。
用心棒を従えて出掛けるか……。
房吉は見守った。
儀市は、用心棒の浪人と明神下の通りを不忍池の方へ向かった。
二人の三下が見送った。

よし……。

房吉は、儀市と用心棒を追った。


夕暮れの不忍池には、塒《ねぐら》に帰る鳥の鳴き声が響いていた。

儀市は、用心棒の浪人と不忍池の畔にある料理屋『香月《かつき》』の暖簾を潜った。

房吉は見届けた。

儀市は、用心棒の浪人と酒を飲みに来たわけではなく、誰かと逢うのだ。

房吉は読み、儀市が誰と逢うのか突き止める事にした。

料理屋『香月』の店先には老下足番《げそくばん》がおり、客の履物の片付けをしていた。

房吉は、老下足番を表に呼び出した。

「何だい……」

老下足番は、怪訝な面持ちで表に出て来た。

「ちょいと訊きたい事があるんだがね……」

房吉は、笑顔で老下足番に小粒を握らせた。

「何が訊きたい……」

老下足番は苦笑し、慣れた手付きで小粒を懐に入れた。

「博奕打ちの貸元の明神の儀市、誰と逢っているのかな」

「ああ。貸元の儀市なら室町《むろまち》の献残屋《けんざんや》『梅宝堂《ばいほうどう》』の旦那の座敷に来たんだぜ」

老下足番は告げた。

「室町の献残屋の梅宝堂の旦那……」

房吉は眉をひそめた。

「ああ。梅宝堂の勘三郎《かんざぶろう》の旦那だぜ」

「じゃあ、貸元の儀市、献残屋の梅宝堂の勘三郎旦那と逢っているのかい……」

房吉は念を押した。

「ああ……」

「そうか。梅宝堂の勘三郎の旦那とねえ……」

房吉は、献残屋『梅宝堂』勘三郎とは逢った事はないが、噂はいろいろ聞いていた。

大名旗本の屋敷に出入りをして昵懇《じっこん》となり、その伝手《つて》を利用して商売を広げている商人だ。

遣《や》り手《て》の商売上手……。

金で横面《よこつら》を叩《はた》く……。

金儲けには手立てを選ばない……。

勘三郎には様々な噂があり、悪いものが多かった。

房吉は想いを巡らせた。

献残屋『梅宝堂』勘三郎が、博奕打ちの貸元儀市と逢っているのは、そうした噂と拘わりがあるのかもしれない。

勘三郎は、柿ノ木長屋の争いに何らかの拘わりがあるのかもしれない。

房吉は読んだ。

料理屋『香月』には明かりが灯され、三味線や太鼓の音が洩れ始めた。

「明神一家の博奕打ちが、大家さんの倅の良吉を捜してますか……」

彦兵衛は眉をひそめた。

「ええ。ですが、今のところ、見付ける事は出来ないでいます」

左近は、猪口《ちょこ》を置いて告げた。

「そうですか……」

彦兵衛は頷いた。

「それで、明神一家の貸元の儀市ですがね。不忍池の香月って料理屋で室町の献残屋梅宝堂の勘三郎の旦那と逢いましたよ」

房吉は、手酌で酒を飲んだ。

「献残屋梅宝堂の勘三郎か……」

彦兵衛は苦笑した。

「旦那、逢った事があるんですかい……」

房吉は尋ねた。

「昔、一度な。上っ面は良いが、腹の中では何を考えているか分からない奴だよ」

彦兵衛は苦笑した。

「ま、今度の柿ノ木長屋の件と拘わりがあるかどうかは、未だ分かりませんがね」

房吉は、彦兵衛に酌をした。

「うむ。じゃあ、梅宝堂の勘三郎が今、何をしようとしているのか、ちょいと探りを入れてみるんだな……」

彦兵衛は酒を飲んだ。

「はい。それにしても左近さん、良吉の奴、何処にいるんですかね……」

房吉は眉をひそめた。

「ええ。明日、大家さんたちにもう一度、訊いてみます」

左近は酒を飲んだ。


柿ノ木長屋の井戸端では、おふみやおゆみたちおかみさんが洗濯をし、おたまたち子供が遊んでいた。

左近は、長屋の様子を見て傍の板塀の廻された仁兵衛の家に向かった。

仁兵衛は、左近を座敷に招いた。

「良吉ですか……」

仁兵衛は、困惑を浮かべた。

「ええ。戻りましたか……」

左近は尋ねた。

「いいえ。ずっと戻っちゃあいません。ひょっとしたら明神一家に……」

仁兵衛は、不安を過《よぎ》らせた。

「いいえ。明神一家に押さえられてはいませんでした」

左近は告げた。

「そうですか……」

仁兵衛は、微かな安堵を過らせた。

如何《いか》に不肖《ふしょう》の倅でも、たった一人の息子だ。

左近は、仁兵衛の親心を知った。

「ならば、何処にいるか心当たりは……」

「それが、正直に云って分からないのです」

仁兵衛は困惑した。

「じゃあ、良吉と親しい友、遊び仲間は知りませんか……」

「親しい遊び仲間ですか……」

「ええ……」

「どれだけ親しいかは分かりませんが、人形町《にんぎょうちょう》の瀬戸物屋の倅と連《つる》んでいた時があったと思いますが、良く分かりません」

「人形町の瀬戸物屋の倅ですか……」

「はい。美濃《みの》屋って店の清助《せいすけ》って倅です」

「人形町の瀬戸物屋美濃屋の清助ですね……」

左近は念を押した。

「はい……」

仁兵衛は頷いた。

「お前さん……」

お内儀が、血相を変えて入って来た。

「どうした……」

「な、長屋に明神一家の博奕打ちたちが……」

お内儀は告げた。

左近は、無明刀を手にして立ち上がった。


柿ノ木長屋では、代貸の源治たち博奕打ちたちが暴れていた。

おふみやおゆみたちおかみさんたちは、おたまたち幼い子供を抱き締め、恐ろしげに身を縮めていた。

「此の柿ノ木長屋はもう明神一家の貸元の物なんだ。貸元は柿ノ木長屋を潰す。さっさと出て行くんだな」

代貸の源治は怒鳴った。

「冗談じゃあねえ。大家の仁兵衛さんはそんな事を云っちゃあいない」

「そうだ、そうだ……」

おゆみの亭主で錺職の幸助と居合わせた長屋の男たちは、必死の面持ちで博奕打ちたちと対峙《たいじ》した。

「煩せえ。仁兵衛がどう云おうが、もう、うちの貸元の物なんだ。邪魔すると只じゃあ済まねえぞ」

源治は、声高に凄み、脅しを掛けた。

博奕打ちたちは身構えた。

幸助と長屋の男たちは怯んだ。

源治は嘲笑した。

「只では済まねえか……」

源治は、背後からの声に振り返った。

左近が木戸にいた。

「て、手前……」

源治は、顔を引き攣らせて後退りした。

「工藤《くどう》の旦那……」

源治は、隅にいた髭面《ひげづら》の浪人を呼んだ。

工藤と呼ばれた髭面の浪人は、源治を庇うように進み出た。

左近は、木戸から離れた。

「日暮さま……」

おふみは、おたまを抱き締めた。

幸助とおゆみたち長屋の住人たちは、恐ろしそうに見守った。

「源治たちの邪魔はさせねえ」

工藤は、嘲りを浮かべた。

「そうか……」

左近は薄く笑った。

工藤は、左近に鋭く斬り掛かった。

刹那《せつな》、左近は無明刀を抜き打ちに一閃した。

閃光が走った。

刀が音を立てて落ちた。

工藤は、強張《こわば》った顔で凍《い》て付いた。

その右肩は斬られて血に染まり、右手の指先から血が滴り落ちた。

「次は腕を斬り飛ばす」

左近は、無明刀を一振りした。

鋒《きつさき》から血が飛んだ。

髭面の浪人は、刀を拾って木戸に逃げた。

「工藤の旦那……」

源治と博奕打ちたちは、慌てて工藤に続いて逃げた。

幸助たち亭主とおかみさん連中は、逃げる源治たち博奕打ちを罵《ののし》り、囃《はや》し立てた。

左近は、無明刀を鞘に納めた。

「日暮さま……」

おふみがおたまを連れて近付いた。

「やあ。おふみさん、おたまちゃん……」

左近は笑い掛けた。

「ありがとうございました、お陰で助かりました」

おふみは、左近に頭を下げた。

「ありがとう……」

おたまは、笑顔でおふみを真似て左近に頭を下げた。

左近は苦笑した。

おゆみと幸助たちは、左近の周囲に集まって口々に礼を述べて頭を下げた。

「礼には及ばぬ。私は馬喰町の公事宿巴屋の者だ。柿ノ木長屋の件は、大家の仁兵衛さんに頼まれての仕事。ではな……」

左近は告げ、木戸に向かった。

「日暮さま……」

おふみは見送った。


源治と博奕打ちたちは、新大坂町《しんおおさかまち》の通りを東堀留川の堀留に差し掛かった。

堀留の傍に左近が現れた。

源治たち博奕打ちは、現れた左近に驚いて怯んだ。

「もう、次はない……」

左近は冷笑した。

「何だと……」

源治は、嗄《しやが》れ声を恐怖に引き攣らせた。

「これ以上、柿ノ木長屋に手を出したら容赦なく斬り棄てる……」

左近は、源治たち博奕打ちの顔を厳しく見廻した。
博奕打ちたちは、恐怖に震えて慌てて顔を逸《そ》らした。
「う、煩せえ……」
源治は、必死の面持ちで嗄《しやが》れ声を震わせた。
次の瞬間、左近は源治に身を寄せた。
源治に逃げる刻はなく、恐怖に激しく衝《つ》き上げられた。
刹那、源治は頬を張り飛ばされて東堀留川に放り込まれた。
源治は、水飛沫《しぶき》を煌めかせた。
博奕打ちたちは、慌てて我先に逃げようとした。
左近は、博奕打ちたちを摑まえ、東堀留川に殴り飛ばし、蹴り込んだ。
博奕打ちたちは、東堀留川に叩き込まれて悲鳴と水飛沫を上げた。
「次は三途《さんず》の川に叩き込む……」
左近は冷笑した。

三

室町三丁目の献残屋『梅宝堂』は、落ち着いた佇《たたず》まいの店だった。

献残屋とは、大名旗本家などに献上された品物の不用の品を下取りし、様々な贈答品に作り直して売る商売だ。

房吉は、献残屋『梅宝堂』を見張り、聞き込みを掛けた。

「梅宝堂の勘三郎さん、思いも掛けない商売を始める遣り手ですからね……」

勘三郎を知るお店《たな》の旦那は苦笑した。

「思いも掛けない商売ですか……」

房吉は眉をひそめた。

「ああ。市《いち》の立たない値の張る品物の売り買いを周旋《しゅうせん》したり、出入りの許されている諸大名の藩の名高い産物を揃え、諸国の産物市をやったりしましてね……」

旦那は告げた。

「へえ。そいつは凄いや……」

房吉は、素直に感心した。

「ま、御公儀のお偉いさんなんかの後ろ盾《だて》もありますからねえ」

旦那は、意味ありげな笑みを浮かべた。

「御公儀のお偉いさんですか……」

房吉は、旦那と同じように笑った。

「ああ……」

「何方《どなた》ですか……」

「さあ、そこ迄はねえ……」

旦那は首を捻った。

「そうですか……」

献残屋『梅宝堂』勘三郎は、諸大名家に通じた遣り手であり、公儀の重臣《じゅうしん》とも親しい間柄なのだ。

その勘三郎が、博奕打ちの明神一家の貸元儀市を使って柿ノ木長屋を奪い取ろうとしているのかもしれない。

房吉は読んだ。

もし、読みが正しく、勘三郎が柿ノ木長屋の土地を欲しがっているのならば、どうしてなのだ。

房吉は、献残屋『梅宝堂』を見張った。

人形町の瀬戸物屋『美濃屋』は、それなりに繁盛しているようだった。

大家仁兵衛の倅の良吉の親しい遊び仲間の清助は、瀬戸物屋『美濃屋』の若旦那なのだ。

左近は、清助が良吉の居所を知っているかもしれないと睨み、瀬戸物屋『美濃屋』を訪れた。

清助は、数日前に出掛けたまま家には帰っていなかった。

ひょっとしたら、良吉と一緒なのかもしれない……。

左近は、瀬戸物屋『美濃屋』の手代《てだい》を物陰に呼び、清助の居場所を知らないか尋ねた。

「若旦那なら、きっと、谷中《やなか》のいろは茶屋に居続けているんですよ」

手代は苦笑した。

谷中のいろは茶屋は、天王寺《てんのうじ》前にある江戸でも名高い岡場所だ。

「いろは茶屋に馴染《なじみ》の女郎がいるのか……」

「ええ。いつでしたか、年増《としま》の女郎に可愛がって貰っていると……」

「その年増の女郎、名は何と云うのだ」

「さあ、おすみでしたか、おときでしたか……」

手代は首を捻った。

「おすみかおときか……」

左近は眉をひそめた。

「はい。どっちかだと思いますよ」

手代は頷いた。

何《いず》れにしろ、谷中のいろは茶屋に行ってみるしかない。

「うむ。造作を掛けたな……」

左近は、手代に礼を云って谷中に急いだ。


「公事宿巴屋の野郎。そんなに遣い手なのか……」

貸元の儀市は眉をひそめた。

「はい。工藤の旦那、あっという間に腕を斬られて逃げてしまい、あっしたちも一人残らず東堀留川に叩き込まれ、次は三途の川に叩き込むと脅されましたよ」

源治は、腹立たしげに告げた。

「佐川《さがわ》さん……」

儀市は、壁に寄り掛かっていた用心棒の浪人を見た。

「うむ。工藤もそれなりの遣い手。それを瞬時に斬ったのだな……」

佐川と呼ばれた用心棒の浪人は、厳しさを過《よぎ》らせた。

「はい……」

源治は頷いた。

「かなりの遣い手だな。して、源治、その公事宿の奴、その後、行く手の東堀留川の川端に不意に現れたのだな」

佐川は訊いた。

「はい。あっしたちが柿ノ木長屋を出た時には、残っていたんですがね……」

源治は、戸惑いを浮かべた。

「そいつが、行く手の東堀留川の川端に現れたか……」

「ええ。追って来た様子はなかったんですがね……」

源治は首を捻った。

「そうか……」

佐川は頷いた。

「何れにしろ、早く住人共を追い出し、柿ノ木長屋を手に入れなければ、梅宝堂の旦那に顔向けが出来ねえ。佐川さん、金は弾みます。どうにかなりませんか……」

儀市は、禿げ頭を光らせた。

「うむ。公事宿巴屋の日暮左近。此の佐川新八郎《しんぱちろう》が斬り棄ててくれる」

佐川新八郎は、冷ややかに云い放った。

谷中天王寺は、富籤《とみくじ》で名高い寺であり、境内には参拝客たちが行き交っていた。

左近は、天王寺門前のいろは茶屋を訪れた。

いろは茶屋は、昼間から女郎と遊びに来た客で賑わっていた。

左近は、いろは茶屋を覗いた。

「こりゃあ旦那、おいでなさい」

いろは茶屋の男衆《おとこし》が、笑顔で左近に声を掛けて来た。

「やあ。おすみはいるかな……」

左近は、瀬戸物屋『美濃屋』清助の馴染と思われる女郎の名を出した。

「おすみ……」

男衆は、戸惑いを浮かべた。

「ああ……」

「おすみなんてのは、いませんよ」

「じゃあ、おときは……」

「ああ。年増のおときならいますが、今、馴染客の相手をしていましてね。もっと若い良い女郎が……」

「清助か……」

左近は遮った。

「えっ……」

男衆は緊張した。

「年増のおときの馴染客、人形町の瀬戸物屋美濃屋の清助かな」

左近は笑い掛けた。

「お、お侍さん……」

男衆は狼狽《うろた》えた。

「清助なんだな……」

左近は念を押した。

「え、ええ……」

男衆は、怯えた面持ちで頷いた。

「おときの部屋は何処だ……」

左近は、男衆を厳しく見据えた。


肥った年増女郎と若い客は、半裸姿で酒を飲みながらいちゃついていた。

「人形町の美濃屋の清助だな……」

左近は、部屋の隅に現れた。

「わっ……」

半裸の若い客は、いつの間にか現れた左近に驚きの声をあげた。

「静かに……」

左近は、半裸の若い男と肥った年増女郎を見据えた。

若い男と年増女郎は息を呑んだ。

「人形町の美濃屋の清助だな……」

左近は念を押した。

「ええ……」

若い男は頷いた。

「私はおときだよ」

肥った年増女郎は笑った。

「うむ。分かっている」

左近は苦笑した。

「で、お侍さん……」

清助は、左近に怪訝な眼を向けた。

「清助、元浜町の柿ノ木長屋の大家の伜、良吉は何処にいる……」

左近は訊いた。

「良吉……」

清助は戸惑った。

「ああ。良吉だ。何処にいる……」

「良吉なら深川は角倉楼《すみくらろう》ですよ」

清助は告げた。

「深川の角倉楼……」

左近は眉をひそめた。

「ええ。角倉楼のおそめって女郎の処にいる筈ですが……」

「角倉楼のおそめだな……」

左近は念を押した。

「はい……」

清助は頷いた。

「邪魔したな……」

左近は、音もなく部屋から出て行った。

深川の女郎屋『角倉楼』のおそめ……。

良吉は、女郎のおそめの処に居続けているのだ。

左近は、谷中から深川に急いだ。


室町の献残屋『梅宝堂』の主勘三郎は、手代を従えて出入りを許されている大名旗本屋敷を訪れ、献残品の買い付けをしていた。

房吉は、尾行してその様子を窺った。

勘三郎は、駿河台《するがだい》の太田姫《おおたひめ》稲荷の前で手代を先に帰し、小袋町《こふくろちょう》の旗本屋敷を訪れた。

房吉は見届けた。

手代を先に帰しての訪問は、おそらく献残品の買い付けの仕事ではなく、他の用があっての事だ。

房吉は読んだ。

他の用とは何か……。

そして、旗本屋敷の主は誰なのか……。

房吉は、西日に甍《いらか》を輝かせている旗本屋敷を眺めた。


夕暮れ時。

深川富岡《とみがおか》八幡宮の参拝客は帰り始め、岡場所は賑わった。

左近は、深川の岡場所の女郎屋『角倉楼』に急いだ。

女郎屋『角倉楼』は籬《まがき》の内に数人の遊女が並び、多くの客が品定めをしていた。

左近は、女郎屋『角倉楼』の薄暗い路地を窺った。

薄暗い路地では、遣手婆《やりて》さんが床几《しょうぎ》に腰掛けて煙草を燻《くゆ》らしていた。

「やあ……」

左近は、遣手婆さんに笑い掛けた。

「何だい、お客さん……」

遣手婆さんは、煙管《キセル》の雁首《がんくび》を煙草盆に叩いて灰を落とした。

「角倉楼に、おそめって女郎がいるな……」

左近は、小細工なしで尋ねた。

「ああ。いるよ……」

遣手婆さんは頷いた。

「そのおそめの馴染に、良吉って若いのがいる筈なのだが……」

左近は、遣手婆さんに小粒を握らせた。

「元浜町の柿ノ木長屋の大家の倅かい……」

遣手婆さんは、小粒を握り締めて笑った。

「うむ。いるのだな」

「ああ。このところ、居続けているよ」

遣手婆さんは頷いた。

柿ノ木長屋の大家仁兵衛の倅良吉は、女郎のおそめを抱いて眠っていた。

左近は、漸《ようや》く良吉を見付けた。

「今日で五日目かな、居続けて……」

遣手婆さんは苦笑した。

「そうか……」

左近は、口を開けて鼾《いびき》を搔いている良吉を見下ろした。

間抜け面だ……。

良吉は、己の書いた証文の為、柿ノ木長屋と父親の仁兵衛が窮地に追い込まれているのを知っているのか……。

如何《いか》に愚か者でも、知っていれば間抜け面をして女郎を抱いて寝てはいない筈だ。

左近は、良吉が知らないと睨んだ。

「で、どうするんだい。連れて帰るんなら叩き起こすけど……」

遣手婆さんは、嘲りを浮かべた。

「そうだな……」

左近は思案した。

今、下手に連れて帰れば、明神一家の博奕打ち共に知られ、口を封じられる恐れがある。

それなら、明神一家の博奕打ちが気付いていない角倉楼に閉じ込めておく方が良いのかもしれない。

左近は読み、決めた。

「婆さん、此の良吉、もう暫《しばら》く此処から出さないでくれぬか」

「ああ。それなら、お安い御用だよ」

遣手婆さんは頷いた。

「で、誰が捜しに来ても、知らぬとな……」

「任せておきな……」

遣手婆さんは、楽しそうな笑みを浮かべて薄い胸を叩いた。

左近は笑った。

女郎屋『角倉楼』には、三味線の爪弾きが流れた。

行燈《あんどん》は辺りを淡く照らしていた。

「そうですか。証文に仁兵衛さんの名を書き印判を押した張本人の良吉、柿ノ木長屋がどうなっているかも知らず、深川の女郎屋に居続けていましたか……」

彦兵衛は苦笑した。

「ええ。で、明神一家の博奕打ちが気付いていないので、そのまま角倉楼に置いておくのが一番だと……」

左近は告げた。

「下手に元浜町に帰って来て、明神一家に押さえられると面倒ですか……」

彦兵衛は読んだ。

「ええ……」

左近は頷いた。

「それから献残屋の梅宝堂勘三郎なんですが、今日、仕事の帰りに駿河台は小袋町の旗本屋敷に寄りましてね」

房吉は告げた。

「旗本屋敷……」

「ええ。で、誰の屋敷か調べたんですが、勘定《かんじょう》奉行の一人、白崎織部正《しらさきおりべのかみ》の屋敷でしたよ」

房吉は、勘三郎が訪れた旗本屋敷の主が誰か突き止めていた。

「勘定奉行の白崎織部正か……」

彦兵衛は眉をひそめた。

「何か……」

「いやな、勘三郎だが、諸国の名物や産物を売買する市場を作ろうとしているそうだよ」

彦兵衛は、お店の旦那衆など己の情報網を使い、そうした情報を摑んでいた。

「諸国の名物、産物ですか……」

房吉は眉をひそめた。

「ああ……」

「勘三郎の諸国産物市場を作る企て、公儀の後ろ盾は勘定奉行の白崎織部正なのかも……」

房吉は読んだ。

「間違いないだろう……」

彦兵衛は頷いた。

「それで、諸国から江戸湊に集まる産物を運び易い浜町堀は元浜町、それも市場が作れる程の広さがあるのは柿ノ木長屋……」

左近は読んだ。

「ええ……」

彦兵衛と房吉は頷いた。

献残屋『梅宝堂』勘三郎は、諸国産物市場を作るのは、柿ノ木長屋がある処《ところ》が一番良いと見定めた。しかし、大家の仁兵衛に売る気はなかった。

そこで勘三郎は、博奕打ちの明神一家の貸元儀市に柿ノ木長屋を奪うように頼んだ。

儀市は、仁兵衛の倅の良吉を博奕に誘い込み、柿ノ木長屋を奪い取ろうと企んだ。

左近は睨んだ。

「先ずはそんなところですか……」

彦兵衛と房吉は頷いた。

左近たちは、漸く柿ノ木長屋の一件の裏に潜む事に気が付いた。

行燈の火は油が切れ、虫の音のような小さな音を鳴らして瞬《またた》いた。

夜風は馬喰町の通りを吹き抜けた。
左近は、公事宿『巴屋』を出て鉄砲洲波除稲荷の傍の巴屋の寮に向かった。
夜風は、左近の鬢《びん》の解《ほつ》れ毛を揺らした。
左近は進んだ。
誰かが見ている……。
左近は、何者かの視線を感じた。
此のまま鉄砲洲に帰り、寮を知られる訳にはいかない。
左近は、辻を曲がって柳原通りに向かった。
何者かの視線は付いて来た。
左近は、それとなく周囲を窺った。
視線の主は、巧妙に姿を隠して追って来る。
忍びか……。
左近は気が付いた。
忍びだとしたら加賀忍びか……。
左近は、視線の主を引き連れて柳原通りに進んだ。

柳森稲荷は暗く、鳥居前の空き地の奥には葦簀《よしず》張りの飲み屋が明かりを灯していた。

左近は立ち止まり、葦簀張りの飲み屋を眺めた。

次の瞬間、視線は消えた。

視線の主は、葦簀張りの飲み屋がどういう処か知っている。

左近の勘は囁いた。

「おう。来たかい……」

葦簀張りの飲み屋の主、嘉平は訪れた左近に小さな笑みを浮かべてみせた。

「俺の事を尋ねに来た者がいるな……」

左近は訊いた。

「現れたかい……」

「何処の誰だ……」

「佐川新八郎……」

「佐川新八郎、何処の忍びだ……」

「伊賀《いが》の抜け忍。今は博奕打ちの用心棒だ」

明神一家の貸元儀市の用心棒だ。

左近は睨んだ。

「して、何と答えたのだ……」

「関東のはぐれ忍びで、公事宿の危ない仕事を請け負っているってな……」

「そうか……」

「それから、加賀忍びの総帥白竜斎が江戸に来るそうだ……」

「加賀の白竜斎が何しに……」

「決まっている。お前さんを斃《たお》しにだ」

嘉平は苦笑した。

「そうか……」

左近は、不敵な笑みを浮かべた。

四

神田川を行く船の櫓《ろ》の軋みが、夜空に響いていた。

左近は、嘉平に見送られて葦簀張りの飲み屋を出た。

柳森稲荷前の空き地は、月明かりに照らされていた。
左近は窺った。
何者かの視線はなく、人影や殺気もない……。
左近は見定め、空き地を柳原通りに進んだ。
刹那《せつな》、暗がりに影が揺れた。
左近は跳んだ。
四方手裏剣が左近のいた場所を飛び抜けた。
左近は、影の揺れた暗がりを見据えた。
殺気が湧き上がり、暗がりが激しく揺れた。
忍びの者が暗がりを揺らし、刀を抜いて左近に襲い掛かった。
左近は跳び退いた。
忍びの者は、刀を煌めかせた。
左近は、無明刀を抜き放った。
閃光が走り、甲高い音が鳴り、火花が飛び散った。
左近と忍びの者は、鋭く斬り結んだ。
忍びの者の太刀筋は忍びの者ではなく、剣客としてのものだった。

左近は、大きく跳び退いた。
忍びの者は、警戒して踏み込まずに刀を構えた。
「明神の儀市に頼まれての闇討ちか……」
左近は苦笑した。
「忍びに闇討ちはない……」
忍びの者は嘲り、地を蹴って左近に鋭く斬り掛かった。
左近は、無明刀を唸らせた。
甲高い音が響き、忍びの者の刀が折れて夜空に飛ばされた。
忍びの者は狼狽えた。
左近は、無明刀を構えた。
忍びの者は、四方手裏剣を続けざまに放った。
四方手裏剣は煌めいた。
左近は、無明刀を縦横に振るい、煌めく四方手裏剣を叩き落とした。
静けさが訪れた。
左近は残心《ざんしん》の構えを取り、暗がりを透かし見て殺気を探した。
忍びの者の影はなく、殺気もなかった。

消えた……。

左近は、忍びの者が消えたのを見定めた。

忍びの者は、おそらく嘉平に左近の事を尋ねた伊賀の抜け忍、佐川新八郎なのだ。

佐川新八郎は、忍びの道具より刀で闘うのを得意としている。そして、その刀を無明刀に両断され、逸早《いちはや》く姿を消したのだ。

次はどう来る……。

佐川新八郎の攻撃は、此れで終わりではないのだ。

先手を打って明神一家の貸元儀市たち博奕打ちを片付けるか……。

献残屋『梅宝堂』勘三郎の柿ノ木長屋を巡る企てが判明した以上、儀市たちを泳がしておく理由はない。

雇い主の儀市を片付ければ、佐川新八郎は手を引く筈だ。

それが忍びだ……。

左近は読んだ。

夜廻りの木戸番の打つ拍子木の音が夜空に響いた。

浜町堀に船の櫓の軋みが響いた。

左近は、浜町堀沿いの道から元浜町の裏通りに進んだ。

柿の古木が見えた。

その下に柿ノ木長屋があった。

左近は、柿ノ木長屋の木戸に向かった。

既におかみさんたちの洗濯やお喋りも終わり、柿ノ木長屋には静けさが訪れている刻限だ。

変わりはないか……。

左近は、柿ノ木長屋の木戸から井戸端を眺めた。

井戸端には、おふみと幸助おゆみ夫婦たち長屋の住人が深刻な面持ちで集まっていた。

何かあった……。

左近は、おふみたち住人に近付いた。

「どうした……」

「あ、日暮さま……」

おふみは、左近に駆け寄った。

「おふみさん、何があった」

「はい。おたまたち子供が……」

おふみは、必死の面持ちで左近を見詰めた。

「おたまちゃんたちがどうした……」

左近は眉をひそめた。

「遊んでいる内にいなくなって、捜したら……」

おふみは涙声になった。

「明神一家の博奕打ちが、子供を無事に返して欲しければ、長屋から出て行けと……」

幸助がおふみに代わり、血相を変えて声を震わせた。

「何……」

貸元の儀市は、最後の手段に出た。

左近は、卑劣な手を使った貸元の儀市に激しい怒りを覚えた。

「して、子供たちは、今何処に……」

「明神一家に……」

幸助は告げた。

「お願いです。日暮さま、おたまたちを助けて下さい。お願いです」

おふみは、左近に必死に頭を下げた。

「お願いします……」

幸助おゆみ夫婦と長屋の者たちが続いた。

「云われる迄もない。幸助さん、一緒に来てくれ……」

左近は、幸助を連れて柿ノ木長屋を出た。


浜町堀元浜町から馬喰町は遠くはない。

左近と幸助は、公事宿『巴屋』に寄って事の次第を彦兵衛や房吉に報せた。

彦兵衛は下代の清次を連れて柿ノ木長屋に急ぎ、房吉は左近や幸助と明神一家に走った。


明神一家は腰高障子を閉めていた。

左近は、房吉や幸助と物陰から明神一家の様子を窺った。

「きっと腰高障子の向こうの土間には、用心棒と博奕打ちたちが待ち構えているんですぜ」

房吉は、腹立たしげに睨んだ。

「ええ。おそらく子供たちは、奥の座敷に閉じ込められています。私が表から行くので房吉さんと幸助さんは、裏から入って子供たちを助け出して下さい」

左近は命じた。

「承知。じゃあ幸助さん……」

「はい……」

幸助は緊張に喉を鳴らして頷き、房吉と明神一家の裏に廻って行った。

左近は見送り、物陰を出て明神一家に向かった。

左近は、明神一家の腰高障子を開けた。

土間に詰めていた博奕打ちたちは、匕首《あいくち》や長脇差を握り締めて一斉に後退りした。

「な、何だ……」

左近は、博奕打ちたちを厳しく見廻して土間に踏み込んだ。

博奕打ちたちは身構え、声を引き攣らせた。

「死にたくなければ、子供たちを直ぐに返せ」

左近は、怒気《どき》を含んだ声で告げた。

「煩《うる》せえ」

博奕打ちの一人が長脇差で斬り付けた。

左近は、躱しもせずに無明刀を無造作に一閃した。

鈍い音がし、長脇差を握った腕が斬り飛ばされて天井板に突き刺さった。

腕を斬り飛ばされた博奕打ちは、斬り口から噴き出る血を見て悲鳴を上げて昏《こん》倒《とう》した。

博奕打ちたちは、血相を変えて怯んだ。

「次は誰だ……」

左近は、鋒《きつさき》から血の滴る無明刀を下げて博奕打ちたちに踏み出した。

博奕打ちたちは恐怖に駆られ、悲鳴を上げて我先に外に逃げ出した。

三人の博奕打ちと二人の浪人が残った。

「死にたい馬鹿はお前たち五人か……」

左近は冷笑した。

「黙れ……」

二人の浪人が左近に斬り掛かった。

左近は、無明刀を無造作に斬り下げ、横薙《な》ぎに閃かせた。

浪人の一人は肩を斬られ、もう一人は胸元から血を振り撒いて倒れた。

左近は、残った三人の博奕打ちを見据えた。

残った三人の博奕打ちたちは、恐怖に震えて後退りをした。

「日暮左近……」

佐川新八郎と儀市が奥から出て来た。

「儀市、子供を巻き込む外道《げどう》……」

左近は、儀市を冷たく見据えた。

「じゃ、邪魔をすると、その餓鬼共《がきども》の命はねえぞ……」

儀市は、嗄れ声を震わせた。

「儀市……」

左近は、怒りを募らせた。

「煩せえ、餓鬼共の命を助けたければ、刀を置いて静かにしろ」

儀市は、必死に怒鳴った。

「日暮左近、儀市の貸元の云う通りだ」

佐川は嘲笑った。

「佐川新八郎、外道の飼い犬か……」

左近は苦笑し、無明刀を鞘に納めた。

おたまたち四人の子供は、代貸の源治に押さえられて啜り泣いていた。

「煩《うるさ》い。静かにしろ……」

源治は、おたまたち子供を怒鳴り、店土間の様子を窺った。

刹那、縁側の障子を開けて房吉が跳び込み、手拭いに包んだ石を振るった。

手拭いに包まれた石は、源治の顔面に激しく当たった。

源治は、鼻血を飛ばして昏倒した。

「おはる、皆……」

幸助が駆け込み、おたまたち四人の子供を抱き締めた。

「お父っちゃん……」

「おじちゃん……」

おたまたち四人の子供は、幸助に抱きついて泣いた。

左近は、鞘に納めた無明刀を佐川新八郎と儀市の立つ廊下の框《かまち》に置こうとした。

「それには及びませんぜ……」

房吉が、廊下の奥から現れた。

「子供たちは無事ですか……」

左近は、無明刀を已の腰に戻した。

「ええ。幸助さんが一緒に……」

房吉は笑った。

「佐川さん……」

儀市は、恐怖に震えて佐川の背後に隠れようとした。

「おのれ。邪魔だ……」

佐川は、背後に隠れようとする儀市を突き飛ばした。

儀市は、障子を突き破って居間に無様に倒れ込んだ。

房吉が跳び掛かり、起き上がろうとしていた儀市を背後から押さえ、その肉に埋もれた首に腕を廻して絞めた。

「や、止めてくれ……」

儀市は、苦しく踠《もが》いた。

佐川は、廊下から土間にいる左近に斬り掛かった。

左近は、無明刀を抜き打ちに一閃した。

佐川は、刀を弾き飛ばされてよろめきながらも廊下から跳ぼうとした。

左近は、棒手裏剣を放った。

佐川は、咄嗟に跳ぶのを止めて躱した。

棒手裏剣は、佐川の鼻先を飛び抜けた。

左近は、土間を蹴って廊下にいる佐川に斬り掛かった。

佐川は、廊下から土間に転がって躱した。

左近は、廊下に上がって土間の佐川を見据えた。

土間に転がった佐川は、そのまま外に逃げ出そうとした。

左近は、再び棒手裏剣を放った。

棒手裏剣は、佐川の背に突き刺さった。

佐川は仰《の》け反《ぞ》り、顔を歪めて振り返った。そして、覚悟を決めたように左近に猛然と斬り掛かった。

剣は瞬速……。

無明斬刃……。

左近は、框を蹴って跳び、無明刀を上段から斬り下げながらしゃがみ込んだ。

佐川は凍て付いた。

左近は、静かに立ち上がった。

「ひ、日暮左近……」

佐川は顔を醜く歪め、額から血を流して斃れた。

左近は、無明刀を一振りして鋒から血を飛ばした。

肥った身体を縛り上げられた儀市は、何とか逃れようと踠《もが》いていた。

「捕らえましたか……」

居間に入って来た左近は、踠いている儀市を冷たく一瞥《いちべつ》した。

儀市は、恐怖に顔を醜く歪めた。

「ええ。で、此奴《こいつ》が柿ノ木長屋を借金の形に引き渡すって証文ですぜ」

房吉は、左近に証文を渡した。

左近は、証文を一読して儀市を見据えた。

「儀市、此処の大家の仁兵衛さんの名は倅の良吉が書き、印判も良吉が持ち出して押したんだな」

左近は尋ねた。

「ああ……」

儀市は、観念して頷いた。

「おまけに如何様《いかさま》博奕で負け込ませて作らせた借金の証文、世間じゃあ通用しねえぜ」

房吉は笑った。

儀市は項垂《うなだ》れた。

「ならば儀市。住んでいる者たちを脅し、子供たちを勾引《かどわか》し、柿ノ木長屋を奪い取ろうってのは、お前の企みか……」

左近は冷笑した。

「違う。そいつは室町の献残屋梅宝堂の勘三郎の旦那に頼まれての事だ。俺は住んでいる奴らを追い出して柿ノ木長屋を手に入れろと、勘三郎の旦那に金を貰って頼まれただけだ」

儀市は喚《わめ》いた。

左近は、喚く儀市の肉付きの良い頰を張り飛ばした。

破裂音が短く鳴った。

儀市は、頰の肉を歪めて倒れた。

「やはり、献残屋梅宝堂の勘三郎ですか……」

房吉は苦笑した。

「ええ……」

左近は、不敵な笑みを浮かべた。

公事宿『巴屋』彦兵衛は、偽証文《にせ》で柿ノ木長屋を奪い取る為、住人たちを脅し、子供たちを勾引したとして、博奕打ちの明神一家の貸元儀市を月番の南町奉行所に訴え出た。

南町奉行所は儀市を大番屋に入れ、厳しい詮議を始めた。

儀市は、企てのすべてが献残屋『梅宝堂』主の勘三郎に金で頼まれた事だと証言した。

元凶は献残屋『梅宝堂』勘三郎……。

南町奉行所は勘三郎をお縄にしようとした。だが、勘三郎は逸早《いちはや》く勘定奉行の白崎織部正を始めとした公儀重職たちに手を廻し、逃れようと画策した。

最早《もはや》、容赦は無用……。

左近は、献残屋『梅宝堂』の勘三郎の寝間に忍び込んだ。

勘三郎は、鼾を搔いて眠っていた。

左近は、勘三郎の鼾を搔いている顔を跨《また》いで立ち、無明刀を抜き放った。

無明刀は鈍色《にびいろ》に輝いた。

左近は、勘三郎の枕を蹴った。

勘三郎は眼を覚まし、忍びの者が真上から見下ろしているのに気が付き、慌てて逃げようとした。だが、左近は掛布団を踏んで勘三郎の動きを封じ、無明刀の鋒を向けた。

勘三郎は、激しい恐怖に突き上げられた。

「柿ノ木長屋に対する外道の振舞の報い……」

左近は、無明刀の鋒を勘三郎の顔の傍に突き立てた。

勘三郎は思わず眼を瞑《つむ》り、鬢の髪の毛が僅かに斬られて飛んだ。

「止めろ。止めてくれ。金なら幾らでもやる」

勘三郎は、眼を瞠《みは》って恐怖に震えた。

「動くな。動けば顔に刀が突き刺さる……」

左近は冷笑し、勘三郎の顔の左右に無明刀の鋒を何度も突き刺した。

勘三郎は、顔の左右に間断なく突き刺される無明刀に恐怖の底に叩き込まれた。

左近は、尚も勘三郎の顔の左右に無明刀を鋭く突き刺した。

刃の煌めきと短い刃風が絶え間なく続いた。

恐怖は、次第に異様な昂《たかぶ》りに変わっていく。

勘三郎は、微かに口元を綻《ほころ》ばせた。

無明刀の煌めきが続いた。

勘三郎の瞠られた眼は焦点を失い、薄笑いを浮かべた口元から涎《よだれ》が垂れた。

左近は、無明刀を引いた。

勘三郎は、焦点の定まらない眼を瞠り、涎を垂らし、その髪をいつの間にか白く変えていた。

左近は見定め、音もなく消えた。

献残屋『梅宝堂』勘三郎は、一夜にして人相を変えて乱心者となった。

左近は、仁兵衛に倅の良吉が深川の女郎屋『角倉楼』に居続けているのを告げた。

仁兵衛は、今度の騒ぎの発端になった良吉を泣く泣く勘当した。

麹町浄真寺の墓地には、線香の紫煙が漂っていた。

左近は、浄真寺の墓地にあるはぐれ忍びの陣内の墓を訪れた。

柿ノ木長屋の一件は終わり、陣内の女房おふみと子供のおたまが慣れ親しんだ住まいを失わずに済んだ事を報せた。

左近は、陣内の墓参りを終えて浄真寺を後にした。

微風が木々の梢を小さく鳴らした。


「そうか、はぐれ忍びの佐川新八郎、葬ったか……」

嘉平は、左近に湯呑茶碗に注いだ下り酒を差し出した。

「うむ。亡き陣内の女房を苦しめ、一人娘のおたまを勾引したのは許せぬ所業。容赦は無用だ……」

左近は、湯呑茶碗の酒を飲んだ。

「そうか。佐川も儀市なんて汚ねえ博奕打ちの貸元に雇われたのが運の尽きだったな」

嘉平は苦笑した。

「儀市は打ち首獄門《ごくもん》。佐川新八郎、俺が斬らなくても死罪は免れなかった」

左近は告げた。

「うん。そして、献残屋梅宝堂勘三郎を一夜にして白髪頭の乱心者にしたか……」

嘉平は、勘三郎の乱心を左近の仕業だと睨んでいた。

「さあて、そいつはどうか……」

左近は、小さな笑みを浮かべて湯呑茶碗の酒を飲み干した。

柿ノ木長屋の一件は終わった。

第四章　加賀忍び

一

日本橋馬喰町の通りは、多くの人々が忙《せわ》しく行き交っていた。

左近は、公事宿『巴屋』に向かった。

公事宿『巴屋』の隣の煙草屋の前では、婆やのお春が煙草屋の老爺《ろうや》、御隠居、裏の妾稼業の女とお喋りをしていた。

お春は、お喋りをしながら公事宿『巴屋』を窺う者を見張っているのだ。

左近は、お春たちに挨拶をして公事宿『巴屋』に入った。

「邪魔をする……」

「あら、左近さん、いらっしゃい……」

おりんが左近を迎えた。

「旦那は……」

「未だ役所から戻りませんよ」

「そうか……」

「あっ。そういえば、七日市藩江戸家老の高岡主水さまのお使いが左近さんに手紙を持って来ていましたよ。ああ、これだ……」

おりんは、帳場の書類棚から一通の書状を取って渡した。

「高岡どのからの書状か……」

左近は、書状を受け取って封を切り、読み始めた。

「七日市藩、又何かあったの……」

おりんは眉をひそめた。

「さあな。高岡どのが逢いたいので、押上村の下屋敷に来てくれないかとな……」

「いつ……」

「今夜……」

「それは又、急な話ね」

左近は笑った。

「うむ。行ってみますよ」

「それで、どうするのですか……」

「うむ……」


本所竪川の流れには、夕陽が映《は》えて揺れていた。

左近は、竪川と交差する横川を北に曲がり、法恩寺の東側、押上村にある七日市藩江戸下屋敷に向かった。


押上村の田畑の緑は、夕暮れ時の青黒さの中で揺れていた。

左近は、田舎道を七日市藩江戸下屋敷に進んだ。

不意に殺気が襲い、手裏剣が飛来した。

左近は跳び退いた。

手裏剣は左近を追って次々に飛来し、地面に突き刺さった。

左近は、躱《かわ》しながら手裏剣の投げられる暗がりを見定めた。

よし……。

左近は、地面に突き刺さった手裏剣を取って暗がりに投げ、地を蹴って追い掛けた。
手裏剣は暗がりに消えた。
左近は、続いて暗がりに跳び込んだ。
忍びの者は、投げ返された手裏剣を躱した。
次の瞬間、追って現れた左近が無明刀を抜き打ちに一閃した。
忍びの者は、胸元を斬られて倒れた。
左近は、無明刀を構えて他に忍びの者がいないか、周囲を窺った。
他に忍びの者の気配はない……。
左近は見定め、倒れている忍びの者に無明刀を突き付けた。
「加賀忍びか……」
左近は尋ねた。
焦げ臭さが微かに漂った。
刹那《せつな》、忍びの者は倒れたまま左近に両手で摑み掛かった。
左近は、咄嗟に忍びの者の両手を躱し、大きく跳び退いた。
忍びの者は腹から火を噴き、爆発した。

左近は身を伏せた。
爆発の煙は消え、忍びの者の五体は飛び散っていた。
左近は、忍びの者が爆死したのを見定めた。
七日市藩江戸家老の高岡主水からの書状は、誘《おび》き出す為の偽物だったのか……。
左近は、七日市藩江戸下屋敷に走った。

七日市藩江戸下屋敷は、夜の静寂に覆われていた。
左近は、七日市藩江戸下屋敷を窺った。
殺気も忍びの結界もない……。
左近は見定め、七日市藩江戸下屋敷に忍び込んだ。
留守番の家来たちは、宿直《とのい》の者たち以外は侍長屋に引き取っていた。
奥御殿に人気《ひとけ》はなく、表御殿の留守番頭の用部屋だけに明かりが灯されていた。
高岡が来ていたら、江戸家老の用部屋にも明かりが灯されている筈だ。
高岡主水は来ていない……。
左近は見定めた。
どうやら、高岡からの書状は、左近を誘き出す為の偽物だったのだ。

先ずは、左近を誘き出してどの程度の忍びか見定めようとしたようだ。

加賀忍びか……。

左近は、斃《たお》した加賀忍びの金剛の祖父、加賀忍びの総帥白竜斎が、江戸に出て来たと読んだ。

可愛い孫の金剛の仇討ちか……。

左近は苦笑し、七日市藩江戸下屋敷を後にした。

神田川は静かに流れ、柳原通りの柳並木は夜風に枝葉を揺らしていた。

柳森稲荷前の空き地にある葦簀《よしず》張りの飲み屋は、明かりを灯していた。

左近は窺った。

葦簀張りの飲み屋には、主の嘉平と客の下男風の男がいた。

下男風の男は、加賀忍びかもしれない。

左近は、殺気を短く放った。

嘉平が葦簀の陰から現れ、汚れた水を棄てながら辺りを見廻した。

左近は、己の姿を僅かに見せた。

嘉平は、小さく頷いて葦簀の陰に戻った。

危険はない……。

嘉平の小さな頷きは、下男風の客に危険のない事を報せた。

左近は、葦簀張りの飲み屋に向かった。


「邪魔をする……」

左近は、葦簀を潜った。

下男風の男は、笑顔で左近を迎えた。

七日市藩江戸家老高岡主水の許で働くはぐれ忍びの喜平次だった。

「喜平次だったか……」

「うむ。陣内の女房と子供の為に働いていたそうだな」

喜平次は、嘉平に聞いたようだ。

「うむ。はぐれ忍びには、はぐれ忍びの矜持《きようじ》と情がある……」

左近は、嘉平の出してくれた茶碗酒を飲んだ。

「うむ……」

喜平次は頷いた。

「丹後守と高岡どのに変わりはないか……」

左近は尋ねた。

「ああ。その高岡さまからの伝言だ」

「伝言……」

「ああ。加賀忍びの総帥白竜斎が江戸に出て来たようだとな……」

喜平次は、厳しい面持ちで告げた。

「うむ……」

左近は頷いた。

「既に何かあったようだな……」

喜平次は読んだ。

「高岡どのの偽書状で押上の下屋敷に誘き出された」

「高岡さまの偽書状……」

喜平次は戸惑った。

「うむ……」

「で……」

「加賀忍びが俺を値踏みしたようだ」

左近は苦笑した。

「そうか。して、どうした……」

「降り掛かる火の粉は振り払う迄。容赦はしない」

「容赦はしないか……」

「ああ。忍びは殺《や》るか殺られるか、下手な容赦は己の命を棄てるようなものだ」

左近は、冷ややかに告げた。

「うむ……」

喜平次は頷いた。

「喜平次、加賀忍びの総帥白竜斎、如何《いか》に孫の金剛が可愛いとは云え、仇討ちだけの為に配下の忍びを動かすとは思えぬ」

左近は読んだ。

「金剛の仇討ちは目眩《めくら》ましで、狙いは丹後守さまのお命か……」

喜平次は眉をひそめた。

「ああ。加賀忍びの名に懸けて使命を果たすつもりかもしれぬ」

左近は睨んだ。

「ならば高岡さまに云って、丹後守さまの警護を厳しくしなくてはならぬな」

喜平次は、緊張を滲ませた。

「うむ。加賀忍びの総帥白竜斎、早く逢いたいものだ……」

左近は、不敵に云い放った。

加賀国金沢藩江戸上屋敷は本郷通りに表門があり、裏手には大名屋敷と寺、そして不忍池がある。

左近は、金沢藩江戸上屋敷の表門を眺めた。

金沢藩江戸上屋敷は表門を閉めて静寂に覆われているが、広大な敷地の内では何が行われているのか分かりはしない。

左近は、金沢藩江戸上屋敷に殺気を放った。

殺気に対する反応はなく、江戸上屋敷は静けさを保っていた。

加賀忍びの結界は張られていない……。

左近は見定め、江戸上屋敷の南側の横手を窺いながら、不忍池側の裏手に進んだ。

金沢藩江戸上屋敷の裏手には大名屋敷や寺が連なり、北側の横手には水戸《みと》藩江戸中屋敷がある。

左近は、連なる寺の屋根に上がり、金沢藩江戸上屋敷に鋭い殺気を放った。
金沢藩江戸上屋敷の裏手にも、やはり加賀忍びの結界はなかった。
左近は見定めた。
刹那、左近は身を伏せた。
連なる寺の一つの屋根に忍びの者が現れた。
加賀忍び……。
左近は、金沢藩江戸上屋敷の裏に連なる寺の一つに加賀忍びが潜んでいるのを知った。
加賀忍びの者は、辺りに異変がないと見定めて寺の中に戻って行った。
左近は、寺の屋根から跳び下りた。
加賀忍びの入った寺は、金沢藩江戸上屋敷の裏門の傍にある妙蓮寺だった。
妙蓮寺が江戸での加賀忍びの棲家なのだ。
左近は見定めた。
おそらく、総帥の白竜斎を始めとした加賀忍びが潜んでいるのだ。
左近は、妙蓮寺の山門前に忍び、様子を窺う事にした。

連なる寺の一つから坊主の読む経が聞こえた。
刻が過ぎた。
妙蓮寺から托鉢坊主が出て来た。
加賀忍びか……。
左近は見守った。
托鉢坊主は饅頭笠を被り、錫杖《しやくじよう》を突いて不忍池に向かった。
よし……。
左近は追った。

不忍池は煌めいた。
托鉢坊主は、不忍池の南側の畔《ほとり》に進んだ。
行き先を見届ける……。
左近は、托鉢坊主を尾行《つけ》た。
托鉢坊主は茅町《かやちよう》を南に曲がり、明神下の通りに向かった。
左近は追った。

馬喰町の通りは多くの人が行き交っていた。

托鉢坊主は、馬喰町の通りを進んだ。

その足取りに托鉢する様子はなく、行き先が決まっているようだった。

ひょっとすると……。

左近は、托鉢坊主の行き先を読んだ。

托鉢坊主は、公事宿『巴屋』に向かっている。

俺の様子を探りに来たのだ……。

左近は苦笑した。

公事宿『巴屋』が見えた。

托鉢坊主は、公事宿『巴屋』を見定め、近くの八百屋の店先で経を読み、托鉢を始めた。

左近は、托鉢坊主を追い抜いて公事宿『巴屋』に急いだ。

公事宿『巴屋』の隣の煙草屋の前では、お春が御隠居や妾とお喋りをしていた。

「お春さん……」

左近は、お春に近付いた。

「あら、左近さん……」

お春は、左近を笑顔で迎えた。

托鉢坊主は、公事宿『巴屋』の店先に立って経を読み始めた。

「ご苦労さまにございます」

お春が『巴屋』から現れ、托鉢坊主の頭陀袋《ずだぶくろ》にお布施《ふせ》を入れた。

托鉢坊主は、お春に深々と頭を下げて経を読み続けた。

左近が『巴屋』から出て来た。

「あら、左近さん、お出掛けかい……」

お春は、左近に声を掛けた。

「うむ……」

左近は頷き、公事宿『巴屋』を出て柳原通りに向かった。

托鉢坊主は、お春に頭を下げて『巴屋』の前から離れた。

柳原通りの柳並木は緑の枝葉を連ねていた。

左近は、神田八つ小路に向かった。

托鉢坊主は尾行て来ていた。
やはり、俺を探りに来たのだ……。
左近は、和泉《いずみ》橋の南詰を通って柳森稲荷に入った。

古着屋、古道具屋、七味唐辛子売り……。
左近は、連なる露店の前を通って柳森稲荷の鳥居を潜った。
奥の葦簀張りの飲み屋の傍では、嘉平が水を汲《く》んで来て湯呑茶碗などを洗っていた。

左近は、柳森稲荷の本殿に手を合わせ、裏に廻って行った。
托鉢坊主は、左近を追った。
左近は、柳森稲荷の裏に出て行った。
托鉢坊主は追った。

柳森稲荷の裏は、神田川の河原に続いていた。
托鉢坊主は河原に出た。

河原には、左近はおろか人影もなかった。

托鉢坊主は、慌てて饅頭笠を上げて周囲を見廻した。

「俺なら此処だ……」

左近は、托鉢坊主の背後に現れた。

托鉢坊主は、咄嗟に饅頭笠を脱いで左近に振り廻した。

饅頭笠の縁が鈍色に輝いた。

左近は、跳び退いて躱した。

饅頭笠の縁には、剃刀《かみそり》のような刃が仕込まれていた。

「加賀忍びか……」

左近は笑い掛けた。

「日暮左近……」

托鉢坊主は、誘き出されたのに気が付いて怒りを過《よぎ》らせた。

「名は何と云う……」

左近は尋ねた。

「煩《うるさ》い……」

「加賀忍びは名もない使い棄てか……」

「黙れ。加賀の三郎《さぶろう》……」

加賀の三郎と名乗った托鉢坊主は、跳び退いて饅頭笠を投げた。

饅頭笠は縁を煌めかせ、左近に飛んだ。

左近は跳んで躱し、三郎に襲い掛かった。

三郎は、錫杖に仕込んだ刀を抜き払った。

左近は躱し、三郎の仕込刀を握る腕の肩を蹴って背後に跳び下りた。

三郎は、仕込刀を落とし、蹴られた肩を押さえて蹲《うずくま》った。

左近は、三郎の後ろを取り、その喉元に苦無《くない》を突き付けた。

三郎は、逃げようと踠《もが》いた。

左近は、喉元に突き付けた苦無を引いた。

三郎は喉元に血を滲ませ、凍《い》て付いた。

「三郎。加賀忍びの総帥白竜斎は妙蓮寺にいるのか……」

「ああ……」

「狙いは、日暮左近の命か、それとも前田丹後守の命か……」

「そ、それは……」

刹那、左近は跳んだ。

弩《ど》の矢が左近のいた場所を飛び抜け、三郎の背に鈍い音を立てて突き刺さった。
左近は、蹲って無明刀を抜いて構えた。
三郎は、前のめりに斃れた。
左近は無明刀を構え、河原を窺った。
河原には、人影も殺気もなかった。

二

左近は、河原に忍びの者がいないのを見定め、死んでいる三郎の背の弩の矢を抜いた。
弩の矢は何処《どこ》から射られたのか……。
左近は、神田川を去って行く猪牙舟《ちょきぶね》に気が付いた。
弩の矢は猪牙舟から射られた……。
左近は睨んだ。
加賀忍びを退かせるには、総帥の白竜斎を斃すしかない。

殺られる前に殺る……。

左近は、水戸藩江戸中屋敷の屋根に上がり、隣の金沢藩江戸上屋敷と裏の妙蓮寺を眺めた。

加賀忍びの結界は、金沢藩江戸上屋敷でなく、妙蓮寺に張られていた。

左近は、妙蓮寺の隣の寺の屋根に移った。

妙蓮寺の土塀の陰には加賀忍びが潜み、屋根の表側と裏側にはそれぞれ忍びの者が見張りに立っていた。

仕掛ける……。

左近は、妙蓮寺の屋根に潜む忍びの者に棒手裏剣を放った。

棒手裏剣は、後ろ向きの忍びの者の盆《ぼん》の窪《くぼ》に突き刺さった。

忍びの者は声も上げず、背後から殴られたように前のめりに倒れた。

左近は、隣の寺から妙蓮寺の屋根に飛び移り、見張っていたもう一人の忍びの者に忍び寄った。

忍びの者は振り向いた。

刹那、左近は棒手裏剣を放った。

棒手裏剣は、忍びの者の喉元に深々と突き刺さった。

忍びの者は仰け反り、微かに喉を鳴らして崩れた。
左近は、結界を張る土塀の陰の忍びの者たちを窺った。
忍びの者たちの中には、屋根での出来事に気が付いた者はいない。
左近は見定め、妙蓮寺に素早く忍び込んだ。

妙蓮寺の中は、薄暗く冷え冷えとしていた。
加賀忍びの総帥白竜斎は、おそらく方丈《ほうじょう》にいる筈だ。
左近は、長い廊下を方丈に進んだ。
殺気が湧いた。
左近は、咄嗟に隣の座敷に跳び込んだ。

幾つもの四方手裏剣が飛来した。
左近は、座敷の畳を素早く返して身を潜めた。
四方手裏剣は、左近の潜んだ畳に次々と突き刺さった。
加賀忍びが現れ、刀を抜いて畳の陰に潜んだ左近に殺到した。
次の瞬間、畳から突き出された無明刀が先頭の加賀忍びの腹に突き刺さった。

腹を刺された加賀忍びは倒れた。

続く加賀忍びの者たちは、畳の陰の左近に斬り掛かった。

左近が畳の陰から現れ、片膝を突いて無明刀を無造作に斬り下げた。

二人の加賀忍びは、畳ごと真っ向から斬られて倒れた。

加賀忍びの者たちは怯んだ。

左近は、加賀忍びの一人を押さえ、無明刀を突き付けて盾《たて》にした。

「退け……」

嗄《しやが》れ声がし、加賀忍びたちが退いた。

杖を手にした白い総髪の老人が、加賀忍びたちの背後から出て来た。

「加賀忍びの総帥、白竜斎か……」

左近は見定めた。

「金沢藩御留守居役大原刑部の企てを邪魔し、加賀忍びの金剛を斃した日暮左近だな」

白竜斎は、静かな眼差しで左近を見据えた。

「如何にも……」

左近は頷いた。

「何処の忍びだ。伊賀か、甲賀《こうが》か……」

白竜斎は、穏やかな口調で尋ねた。

「はぐれ忍び……」

左近は苦笑した。

「はぐれ忍びだと……」

白竜斎は、白髪眉をひそめた。

「ああ。江戸には様々な抜け忍がはぐれ忍びとなって大勢いる。加賀の田舎忍びを皆殺しにするぐらい造作はない……」

左近は、笑みを浮かべて挑発した。

「何……」

白竜斎は、穏やかな眼に残忍さと冷酷さを滲ませた。

本性《ほんしょう》を現した……。

左近は、嘲りを浮かべた。

「おのれ、日暮左近……」

白竜斎は、憎悪を浮かべて左近を見据えた。

「田舎忍びの踊りは江戸では受けない。早々に加賀の田舎に帰るのだな」

左近は笑った。
「黙れ……」
白竜斎は、僅かに身を引いた。
刹那、弩を持った忍びの者たちが現れ、容赦なく矢を射た。
左近は、盾にした忍びの者に隠れ、弩の矢を躱した。
盾にされた忍びの者は、弩の矢を全身に浴びて血塗《まみ》れになった。
情け容赦はない……。
左近は、血塗れになった忍びの者を突き飛ばし、天井に跳んだ。
忍びの者たちは、左近に四方手裏剣を放った。
左近は天井板を蹴り、忍びの者たちの背後にいる白竜斎に跳んだ。
白竜斎は杖を構えた。
左近は、跳び下りながら白竜斎に斬り掛かった。
白竜斎は、迫る無明刀を杖で打ち払った。
左近は、振り払われたまま横手に跳び下りた。
忍びの者たちが刀を翳《かざ》して殺到した。
左近は、無明刀を縦横に閃かせた。

閃光が走り、忍びの者たちは次々に倒れた。

此れ迄だ……。

左近は、庭先に跳び出した。

「逃がすな……」

白竜斎は命じた。

忍びの者たちは、左近を追った。

左近は、妙蓮寺の屋根に跳んだ。


妙蓮寺の屋根に跳び上がった左近は、走って端を蹴って大きく跳んだ。

左近は、水戸藩江戸中屋敷の敷地内に向かって跳んだのだ。

追って来た加賀忍びの者たちは、水戸藩江戸中屋敷に跳ぶのを迷い躊躇《ため ら》った。

如何に金沢藩が後ろ盾でも、御三家水戸藩の屋敷に勝手に踏み込んで殺し合ったと知れれば只《ただ》では済まない。

左近は、水戸藩江戸中屋敷の奥庭の雑木林に走り去った。

加賀忍びの者たちは、悔しく見送るしかなかった。

加賀忍びの総帥白竜斎は、配下の忍びの者たちを従えて江戸に現れ、金沢藩江戸上屋敷裏の妙蓮寺に潜んでいる。

左近は、加賀忍びの結界を破って忍び、総帥白竜斎を見定めた。

白竜斎の左近への攻撃は、激しさを増す筈だ。

一刻も早く白竜斎の首を獲る……。

左近は、立ち去ったと見せかけ、水戸藩江戸中屋敷から妙蓮寺の前に戻り、見張り始めた。

妙蓮寺から八人程の托鉢坊主が現れ、二列に並んで出掛けて行く。

何処に何しに行くか見届け、事と次第によっては葬らなければならない。

左近は、托鉢坊主の一団を追った。

托鉢坊主の一団は、不忍池の畔から明神下の通りに進み、神田川に架かっている昌平橋を渡り、柳原通りに進んだ。

左近は追った。

微風が吹き抜け、柳原通りの柳並木は緑の枝葉を一斉に揺らした。

托鉢坊主たちが左近に拘《かか》わりのある処《ところ》に行こうとしているのなら、行き先は馬喰町の公事宿『巴屋』しかない。

もし、左近の塒《ねぐら》が鉄砲洲波除稲荷傍の『巴屋』の寮だと知って行くならば、柳原通りに進む必要はないのだ。

加賀忍びは、公事宿『巴屋』の彦兵衛、おりん、房吉、お春、清次たちを左近の弱味として捉え、利用する企みなのかもしれない。

左近は読んだ。

そうはさせない……。

左近は冷笑し、二列に並んで行く托鉢坊主たちに拳大《こぶし》の石を投げた。

拳大の石は鋭く飛び、二列に並んで行く最後の托鉢坊主の右足首の後ろの筋に当たった。

托鉢坊主は、右足首に激痛を感じてよろめき倒れた。

托鉢坊主たちは歩みを止め、痛む右足首を抱えて倒れている仲間の許に集まった。

「どうした……」

托鉢坊主たちの頭《かしら》は尋ねた。

「いきなり、右足首の筋に何かが当たったような痛さが……」

托鉢坊主は、右足首を抱えて激痛に呻《うめ》いた。

托鉢坊主の頭は、辺りを見廻した。

柳原通りは柳並木が揺れ、様々な人が行き交っているだけだ。

「よし。俺たちは先に行く。痛みが消えたら追って来い……」

托鉢坊主の頭は、右足首を抱えている配下を残して柳原通りを進んだ。

左近は、柳並木を伝って托鉢坊主たちを追った。

托鉢坊主たちは、柳森稲荷の前に差し掛かった。

左近は、二つの拳大の石を続け様に投げた。

石は鋭く飛び、二列に並んで最後を行く二人の托鉢坊主のふくら脛《はぎ》を打った。

二人の托鉢坊主は、足を取られて倒れた。

托鉢坊主の頭たちは、倒れた二人の仲間の許に駆け寄った。

「どうした……」

「いきなりふくら脛に何かが……」

倒れた托鉢坊主たちは、激痛に顔を歪めて口を揃えた。

托鉢坊主の頭は、傍らに転がっている拳大の石に気が付いた。

「散れ……」
托鉢坊主の頭は命じた。
残った托鉢坊主たちは、慌てて散った。
気が付いた……。
左近は苦笑した。
柳並木の一つに散った托鉢坊主は、饅頭笠を上げて辺りを窺った。
拳大の石が飛来し、饅頭笠を上げた顔に鋭く当たった。
托鉢坊主は、鼻血を飛ばして昏倒《こんとう》した。
残るは四人……。
左近は、残った四人の托鉢坊主を見守った。
残った四人の托鉢坊主は、辺りを警戒した。
刻が過ぎ、何も起こらなかった。
托鉢坊主の頭は、三人の配下に先に行けと促した。
三人の托鉢坊主は、柳原通りを進んだ。
托鉢坊主の頭は残り、追う者を捜した。
左近は、柳原通りから横の家並に入り、先に行った三人の托鉢坊主を追った。

三人の托鉢坊主は、旗本屋敷の角を弁慶橋《べんけい》の通りに曲がった。

左近は、追って続いた。

此のまま通りを南に進めば、馬喰町の隣の小伝馬町《こでんまちょう》に出る。

左近は、通りの家並に跳び、屋根の上を伝って三人の托鉢坊主を追った。そして、人通りが少なくなったのを見計らい、三人の托鉢坊主に屋根瓦を投げた。

屋根瓦は回転して飛び、饅頭笠を破って托鉢坊主の一人を倒した。

残る二人の托鉢坊主が怯んだ。

刹那、左近は再び屋根瓦を投げた。

二人の托鉢坊主は、屋根瓦を胸と腹に受けて倒れた。

行き交う者は立ち止まり、倒れた三人の托鉢坊主を恐ろしげに見守った。

左近は、屋根から裏通りに跳び下りた。

次の瞬間、四方手裏剣が飛来した。

左近は、転がって躱して裏通りを走った。

托鉢坊主の頭が現れ、左近を追った。

左近は、裏通りの路地に入り、軒を接している家々の間を駆け抜けた。

托鉢坊主の頭は追った。

玉池《たまいけ》稲荷のお玉が池には、魚が跳ねたのか波紋が重なって広がっていた。

左近は、人気のない境内に駆け込んだ。

托鉢坊主の頭は、追って境内に現れた。

左近は、お玉が池を背にして立った。

「おのれ。日暮左近……」

托鉢坊主の頭は、配下を倒されて怒りを露《あら》わにしていた。

「名もない加賀忍びか……」

左近は、嘲りを浮かべた。

「黙れ、加賀忍びの五郎《ごろう》……」

托鉢坊主の頭は名乗った。

「加賀忍びの三郎の兄弟か……」

左近は笑った。

刹那、加賀忍びの五郎と名乗った托鉢坊主の頭は、左近に向かって錫杖を振り下ろした。

錫杖の鋼の石突《いしづき》が外れ、細い鎖を伸ばして左近の顔面に飛んだ。

左近は、咄嗟に革の手甲《てっこう》を巻いた右腕で顔を庇《かば》った。

鋼の石突の付いた細い鎖は、左近の顔を庇った右腕の革の手甲に絡み付いた。

五郎は、錫杖の先の細い鎖を引いた。

左近は、細い鎖の絡み付いた腕を引いた。

細い鎖は張り詰め、煌めいた。

煌めきは、細い鎖に玻璃《はり》の粉が塗《まぶ》してあるのか、絡み付いた革の手甲に食い込み、傷付けた。

五郎は、嘲笑を浮かべて錫杖を振るった。

錫杖の頭部の環《かん》の間に両刃の剣が現れた。

左近は、無明刀の柄《つか》を握り締めた。

刹那、五郎は地を蹴り、錫杖の諸刃の剣で左近に斬り掛かった。

左近は、細い鎖の絡み付いた革の手甲を振るった。

革の手甲は脱げて飛び、左近は大きく跳び退いた。

「おのれ……」

五郎は、体勢を整えて鋼の石突に付いた細い鎖を廻した。

左近は、無明刀を抜いて構えた。
五郎の廻す細い鎖は、空を切る音を鳴らして煌めいた。
左近は、無明刀を構えて間合いを詰めた。
五郎は、鋼の石突の付いた細い鎖を放った。
左近は、無明刀を一閃した。
閃光が走り、鋼の石突を弾き飛ばした。
弾き飛ばされた鋼の石突と細い鎖は、大きく歪んで五郎に向かった。
五郎は、咄嗟に跳び退いて鋼の石突の付いた細い鎖を操ろうとした。
刹那、肉を刺す音が鳴った。
五郎は凍て付き、己の腹をみた。
腹には苦無が突き刺さっていた。
「ひ、日暮左近……」
五郎は、呆然とした面持ちで左近を見詰めた。
「五郎、忍びに容赦はない……」
左近は静かに告げ、無明刀を無造作に斬り下げた。
五郎は仰け反った。

左近は、残心の構えを取った。

「お、おのれ……」

五郎は悔しさを露わにしてよろめき、お玉が池に仰向けに倒れ込んだ。

水飛沫《しぶき》が大きく上がった。

左近の姿は既になく、お玉が池には托鉢坊主姿の五郎が浮いているだけだった。

日本橋馬喰町の公事宿『巴屋』に変わりはなかった。

彦兵衛は、公事訴訟の相談に来た者の相手をし、おりんは訴訟で泊まる客の世話に忙しく働き、下代の房吉や清次は役所に様々な書類を届けに行き、お春は隣の煙草屋の店先でお喋りをしながら不審者の見張りに就いていた。

左近は、公事宿『巴屋』の周囲を窺った。

公事宿『巴屋』の周囲には、加賀忍びと思われる者は勿論、不審な者は一人としていなかった。

どうやら、加賀忍びの攻撃の先手は打てたようだ。

だが、加賀忍びの攻撃は此れで終わった訳ではない。

安心出来るのは、加賀忍びの総帥白竜斎を葬った時だ。

左近は、事を急ぐと決めた。

三

夜。

鳥の鳴き声は、不忍池の静寂を斬り裂くように甲高く響いた。

金沢藩江戸上屋敷裏の妙蓮寺は、山門を閉じて結界を張り巡らせていた。

結界は、隣の水戸藩江戸中屋敷との間に一段と厳しく張られていた。

加賀忍びの総帥白竜斎は、配下の五郎たちが公事宿『巴屋』の者を押さえる企てを左近に蹴散らされたのを知り、怒りに震えた。

そして、五郎たち加賀忍びが托鉢坊主に扮し、不忍池から馬喰町に行く間に倒された経緯を調べた。

加賀忍びの者たちは、二列に並んで街中を行く間に、拳大の石で足の筋やふくら脛を鋭く打たれて倒れ、屋根瓦で倒されたのを知った。

日暮左近は、町の何処にでもある物を武器にして敵を闘えぬようにした。

白竜斎は、左近が町場で一人で闘う術に長《た》けているのを思い知らされた。

はぐれ忍び……。

江戸には様々な抜け忍がはぐれ忍びとなって大勢いる。加賀の田舎忍びを皆殺しにするぐらい造作はない……。

白竜斎は、左近の言葉が決して嘘ではないと読んだ。

孫の金剛、小頭の才蔵、三郎、五郎……。

加賀忍びの主だった者が、既に何人も斃されている。

白竜斎は、はぐれ忍び日暮左近の恐ろしさを知った。

「白竜斎さま……」

「太郎《たろう》か……」

「はい……」

中年の妙蓮寺住職の竜安《りようあん》が入って来た。

「現れたか……」

白竜斎は、住職の竜安に厳しい眼を向けた。

「いえ。今のところ、結界は破られておりませぬが、日暮左近が迫っている気配がします。くれぐれも御油断なきよう」

住職の竜安は、加賀忍びの小頭の太郎であり、妙蓮寺を預かっていた。

「そうか。日暮左近、迫っているか……」

白竜斎は頷いた。

「はい。ならば……」

竜安は、音もなく立ち去った。

「護るより攻めるか……」

白竜斎は、白い髭《ひげ》を微かに揺らして苦笑した。

妙蓮寺の土塀から屋根……。

加賀忍びの結界は、僅かな隙もなく張り巡らされている。

左近は見極めた。

さあて、どうする……。

左近は、攻める手立てを思案した。

刻は過ぎ、夜は更けた。

結界が揺れた。

左近は、隣の寺の屋根から妙蓮寺を窺った。

加賀忍びたちが出て行くのが見えた。

何処に何しに行くのだ……。
左近は眉をひそめた。
よし……。
左近は、加賀忍びたちを追い、寺の屋根を蹴って夜空に跳んだ。
夜の闇が揺れた。

不忍池に月影が映えていた。
加賀忍びの者たちは、不忍池の畔から根津権現に向かった。
左近は追った。
加賀忍びの者たちは、根津権現の脇から千駄木《せんだぎ》に進んだ。
左近は、加賀忍びの者たちを追いながら背後を窺った。
追って来る者の気配がした。
加賀忍びの者を尾行《つけ》ている自分を追って来る者がいる。
左近は、闇に忍んで追って来る者の人数を読んだ。
一人、二人、三人……。
追って来る者は十人以上だ。

左近は苦笑した。

誘《おび》き出す企てか……。

左近は読んだ。

ならば、白竜斎はどうしているのだ。

左近は気になった。

よし……。

左近は、傍らの町家の屋根に上がり、己の気配を消し、追って来る者たちを待った。

加賀忍びの者たちがやって来た。

左近は、己の気配を消して見守った。

追って来た加賀忍びの者たちは、眼下を駆け去って行った。

左近は、眼下を駆け去って行く加賀忍びの最後の者に跳び掛かった。

加賀忍びの者は驚いた。

左近は、加賀忍びの者の背後を取り、首を絞めながら路地に引き摺り込んだ。

加賀忍びの者は踠いた。

「何処に行く……」

左近は、加賀忍びの者の喉元に苦無を突き付けた。

「千駄木に誘き出す。俺たちは後詰《ごづめ》だ」

加賀忍びの者は、突き付けられた苦無に仰け反りながら告げた。

「白竜斎も一緒か……」

左近は、喉元に突き付けた苦無を僅かに引いた。

血が湧いた。

加賀忍びの者は、恐怖に震えた。

「白竜斎はどうした……」

左近は、苦無を喉元に押し付けた。

「妙、妙蓮寺だ……」

加賀忍びの者は、恐怖に嗄れ声を引き攣らせた。

「嘘偽りはないな……」

「ああ……」

左近は、喉を鳴らして頷いた。

「よし……」

左近は、加賀忍びの者の鳩尾《みぞおち》に拳を鋭く叩き込んだ。

加賀忍びの者は、気を失って崩れ落ちた。

妙蓮寺だ……。

左近は、来た道を妙蓮寺に走った。


果たして誘いに乗るか……。

白竜斎は、眼を瞑《つむ》って報せを待っていた。

「白竜斎さま……」

住職の竜安が入って来た。

「太郎、首尾《しゅび》は……」

白竜斎は、瞑っていた眼を開けた。

「読み通り、追って行きました」

竜安は報せた。

「ならば……」

「後詰を出しました」

竜安は、狡猾《こうかつ》な笑みを浮かべた。

「そうか……」

白竜斎は頷いた。

妙蓮寺の結界は、手薄になっていた。

俺を誘き出し、追って行ったので、結界を張る人数は減ったのだ……。

左近は睨み、苦笑した。

誘き出し、追った加賀忍びの者たちは、千駄木の田畑か廃屋で左近を待ち伏せている筈だ。

他人を騙そうとする者は、己が騙されるのを最も警戒する……。

左近を騙そうとした加賀忍びは、左近に騙されるのを恐れて待ち続ける筈だ。

今の内だ……。

左近は、妙蓮寺の裏手の土塀に張られた結界の緩みを探した。

緩みは僅かにあった。

左近は、結界の緩みから妙蓮寺に忍び込んだ。

妙蓮寺の裏庭は静けさに満ちていた。

左近は、裏庭を横切って方丈に忍び寄った。
加賀忍びの総帥白竜斎は、方丈の何処かにいる筈だ。
左近は、方丈の閉められた雨戸越しに中の様子を窺った。
方丈の中には、人のいる気配はない。
左近は、問外《といかき》を使って雨戸を僅かに開けて覗いた。
暗く長い廊下が続き、座敷が連なっていた。
奥の座敷の障子には、小さな明かりが映えていた。
白竜斎の座敷か……。
左近は、暗く長い廊下に上がり、雨戸を音もなく閉めた。
長い廊下は暗く、奥の座敷の障子の小さな明かりだけが浮かんだ。
左近は辺りを窺った。
殺気はない……。
左近は見定め、小さな明かりの映えている座敷に向かって廊下を進んだ。
小さな明かりの映えている座敷は、微かに人の気配がする。
白竜斎か……。

左近は、小さな明かりの映えている障子の座敷に忍び寄った。

座敷の中にいる者に動く気配はない……。

左近は、無明刀の鯉口《こいぐち》を切り、障子を開けて座敷に踏み込んだ。


刹那、小さな明かりが消え、闇に覆われた。

幾つもの煌めきが迫った。

左近は、咄嗟に身を縮めた。

幾つもの煌めきは、障子を破って飛び去った。

静寂が訪れた。

座敷の奥の闇が揺れた。

妙蓮寺住職の竜安が、座敷の奥の闇から現れた。

穴だらけの障子を開け、加賀忍びの者が入って来た。

「日暮左近は……」

竜安は訊いた。

「外にはいません」

「何……」

竜安は、緊張を漲《みなぎ》らせて跳び退き、暗い座敷を窺った。
次の瞬間、加賀忍びの者が倒れた。
竜安は、無数の礫《つぶて》を暗い座敷に放った。
礫は障子や襖を突き破り、壁や柱に突き刺さった。
礫は団栗《どんぐり》の形をしており、先端と尻が尖っていた。
暗い座敷には、加賀忍びの者が倒れているだけだった。
竜安は、暗い座敷を見廻した。
日暮左近が忍んでいる気配はない。
既に姿を消した……。
竜安は見定めた。そして、座敷の次の間の壁を引いた。
壁が開き、隠し廊下があった。
竜安は、隠し廊下に入って壁を閉めた。
加賀忍びの倒れている暗い座敷は、静寂に満ち溢れた。
左近が天井裏から跳び下り、座敷と次の間を窺った。
加賀忍びの気配はない。
左近は見定め、次の間に進んで竜安の入った壁に近付いた。

壁の向こうには隠し廊下があり、総帥の白竜斎のいる座敷に続いているのだ。

左近は睨み、竜安がしたように壁を引き開けた。

壁は音もなく開き、隠し廊下が現れた。

左近は、隠し廊下を窺った。

隠し廊下は狭くて暗かった。

殺気はない……。

左近は、狭くて暗い隠し廊下に踏み込んだ。

床が微かに軋み、壁が閉まった。

左近は身構えた。

加賀忍びは現れず、殺気もなかった。

左近は慎重に進んだ。

隠し廊下は五間《けん》（約九メートル）程の長さであり、緩やかな傾斜で下って壁に突き当たり、行き止まりになった。

隠し戸がある筈だ。

左近は睨み、行き止まりの三方の壁を掌《てのひら》で探った。

掌に触れる突起や窪みはない……。

左近は、三方の壁を引き、押した。しかし、壁は動かなかった。

地鳴りのような音が響いた。

左近は、入って来た隠し戸を見た。

入って来た隠し戸の突き当たりの壁が動き出し、左近に向かって緩やかな傾斜を下り始めていた。

左近は、隠し廊下に閉じ込められた。

壁は地鳴りのような音を響かせ、突き当たりの壁の前にいる左近に迫った。

此のままでは押し潰される……。

左近は、無明刀を抜いて左右の壁に突き刺した。

無明刀は右手の壁に突き刺さり、左手の壁を刺し貫いた。

左手の壁の向こうは空洞……。

左近は見定め、無明刀を左手の壁に突き刺し、斬った。

壁は、音を鳴らして迫った。

左近は、無明刀を縦横に閃かせて左手の壁を斬り、抉《えぐ》った。

壁は、尚も迫った。

左近は、左手の壁を斬り、刺し、抉り、蹴り飛ばした。

左手の壁は崩れ、向こうが見えた。
壁は迫った。
左近は、左手の壁に体当たりをした。
刹那、壁は突き当たりの壁に激突した。
左近は、左手の壁を破り、暗い板の間に転がり出た。
幾つもの礫が煌めいた。
左近は、素早く壁際に転がった。
礫が破られた壁に突き刺さった。
左近は跳ね起き、礫の投げられる闇に走った。
闇の中に竜安はいた。
左近は、鋭く斬り掛かった。
竜安は、衣を脱ぎ棄てて大きく跳び退き、礫を放った。
礫は、左近の左肩の付け根を抉った。
血が飛んだ。
左近は、竜安の脱ぎ棄てた衣を拾い、身体の前で素早く廻した。

礫は廻される衣に当たり、床に落ちた。
竜安は怯んだ。
左近は、床を蹴って竜安に斬り掛かった。
竜安は、忍鎌《しのびかま》を両手に握って左近に跳んだ。
無明刀が閃光を放ち、忍鎌は煌めいた。
左近と竜安は、鋭く斬り結んだ。
竜安は、忍鎌の一つを投げた。
忍鎌は回転しながら左近に飛んだ。
左近は、回転しながら飛来する忍鎌を弾き飛ばして踏み込み、無明刀を一閃した。
竜安は、首の血脈を斬られ、血を振り撒きながら斃れた。
左近は、竜安こと加賀忍びの太郎の死を見定め、板の間の板戸を蹴破った。
破られた板戸の向こうには、暗い雑木林が広がっていた。
此れ迄だ……。
左近は、暗い雑木林に跳んだ。
礫に抉られた左肩の傷が痛み、血が滴り落ちた。

四

柳原通りには通る者も途絶え、柳森稲荷は闇に沈んでいた。
左近は、柳並木の陰に忍んで追って来る者の有無を見定めようとした。
左肩の傷から滴る血は既に止まっていたが、痛みは続いていた。
竜安の礫には、毒が塗られていたのかもしれない。
追手はいない……。
左近は、加賀忍びが追って来ないのを見定め、柳森稲荷前の空き地に駆け込んだ。
柳森稲荷前の空き地の奥にある葦簀張りの飲み屋は、小さな明かりを灯していた。
左近は、飲み屋の葦簀を潜った。
「おう。どうした……」
飲み屋の主の嘉平は、左近が傷を負っているのに気が付いた。

「左肩を礫で抉られた……」

左近は告げた。

「裏に来な……」

嘉平は、左近を葦簀張りの屋台の裏に招いた。

葦簀張りの屋台の裏には、雨露を凌《しの》ぐ屋根の付いた縁台が置かれていた。

「そこに腰掛けな……」

左近は、嘉平に勧められて縁台に腰掛けた。

嘉平は、焼酎と薬を持ってきて左近の左肩の傷の手当てを始めた。

「礫か……」

嘉平は、抉られた傷を焼酎で丁寧に洗い始めた。

「ああ。毒は塗っていないか……」

左近は尋ねた。

「傷口を見る限り、毒を使った様子はないな」

嘉平は、傷口の肉の色を見て告げた。

「そうか……」

左近は、僅かに安堵した。

嘉平は、傷口を焼酎で洗って練り薬を塗り、針で縫った。

左近は、嘉平の傷の手当てを見守った。

嘉平の傷の手当てに無駄はなく、早々に終わった。

「此れで良い……」

嘉平は、左近の左肩に晒布《さらし》を巻き終えた。

「造作を掛けたな」

左近は、嘉平に礼を述べた。

「今夜はもう動かず、化膿止めと熱冷ましの薬を飲んで此処にいろ」

嘉平は笑い掛けた。

「そうさせて貰う……」

左近は頷いた。

「加賀忍びか……」

嘉平は読んだ。

「うむ。礫を放ったのは、妙蓮寺の住職竜安。加賀忍びだ」

左近は告げた。

「加賀忍びか……」

「ああ……」

左近は、誘き出された振りをして妙蓮寺に戻り、総帥白竜斎を狙ったが、竜安に阻まれて闘い、辛うじて斃した事を話した。

その後、左近は縁台で眠り、嘉平は訪れる客の相手をした。

夜が明けた。

左近の左肩の傷は、多少腫《は》れて痛みもあったが、体調に変わった様子はなかった。

毒はなかった……。

竜安の礫に毒が塗られていなかったのは、幸いな事だった。

左近は安堵した。

「どうだ……」

嘉平が店からやって来た。

「お陰で助かった」

「夜明けに、不忍池の畔の寺の托鉢坊主が寄ってな……」

「托鉢坊主、本物か……」

「ああ。酒好きの生臭《なまぐさ》坊主だ」

嘉平は、馴染の生臭の托鉢坊主が妙蓮寺近くの寺の坊主だと知り、酒を餌に見張りをさせていたのだ。

「そうか、で……」

左近は、嘉平に話を促した。

「妙蓮寺の庫裏《くり》から煙が上がらないと云っていたぜ……」

嘉平は眉をひそめた。

「庫裏から煙が上がらない……」

左近は眉をひそめた。

「ああ。ひょっとしたら、白竜斎。竜安が斃されたので妙蓮寺を棄てたのかもしれねえな」

嘉平は読んだ。

朝、庫裏の竈《かまど》に火を入れないのは、人がいない証《あかし》とも云えた。

「うむ……」

左近は頷いた。

白竜斎は、住職の竜安が斃された妙蓮寺を棄て、一気に事を片付けようとしているのかもしれない。

左近は、公事宿『巴屋』が気になった。

馬喰町の通りに変わりはなかった。

左近は、公事宿『巴屋』を窺った。

公事宿『巴屋』の周囲に変わった事がなければ、不審な者もいなかった。

左近は、公事宿『巴屋』と彦兵衛たちに変わりがないのを見定めた。

左近は安堵し、金沢藩江戸上屋敷裏の妙蓮寺に向かった。

妙蓮寺は山門を閉じていた。

左近は、加賀忍びの結界を窺った。

加賀忍びの結界はない……。

左近は、妙蓮寺の山門や土塀などに殺気を放った。

反応はなかった。

左近は、妙蓮寺に加賀忍びの結界が張られていないのを知った。

嘉平の店の馴染の生臭坊主の云う通りなのかもしれない……。
左近は、土塀を跳んで妙蓮寺に忍び込んだ。
妙蓮寺の境内に人の気配はなく、本堂、方丈、庫裏には誰もいなかった。
左近は、妙蓮寺に殺気を放った。だが、加賀忍びの者が現れる事はなかった。
左近は、妙蓮寺内を調べ、妙蓮寺から加賀忍びが引き上げたのを見定めた。
何処に行ったのだ……。
左近を斃すのを諦め、加賀に引き上げたのか……。
それとも、江戸の何処かに潜んで左近の命を狙い続けているのか……。
左近は読んだ。

不忍池は煌めいていた。
左近は、不忍池の畔に佇《たたず》んで眩しげに不忍池を眺めた。
様々な者が、佇む左近の背後を通り過ぎて行った。
江戸の町に忍んだ者を見付け出すのは容易ではない。
己の身を晒《さら》して、誘き寄せるしかないのだ。

加賀忍びの者は、左近が妙蓮寺に現れると睨んで何処かから見ている筈だ。
左近は、不忍池の畔に佇んで周囲の気配を窺った。
加賀忍びの気配は感じられなかった。
だが、妙蓮寺に現れた左近を既に見張っているのは間違いない。
どうする……。
人の多い町に出て行って殺し合いになれば、拘わりのない人を巻き込む恐れがある。
ならば、下手に動かず、妙蓮寺に腰を据えて迎え撃つのが上策なのだ。
よし……。
左近は、妙蓮寺に戻った。

祭壇には様々な仏像が祀《まつ》られている。
左近は、妙蓮寺の薄暗い本堂の祭壇に並ぶ仏像を見上げた。
慈悲、憤怒《ふんぬ》、愛憎……。
祀られている仏像は様々な顔をしていた。
左近は、並ぶ仏像に微かな殺気を放った。

不動明王から殺気が湧き上がり、渦を巻いて左近に襲い掛かった。

左近は、大きく跳び退いた。

幾つかの四方手裏剣が唸り、左近のいた処に突き刺さった。

左近は身構えた。

「日暮左近……」

憤怒の顔の不動明王から嗄れ声がした。

「加賀忍びの総帥、白竜斎か……」

左近は、祭壇に祀られている不動明王を厳しく見据えた。

「うむ。良く来た……」

白竜斎は、祭壇の不動明王の背後から浮かぶように現れた。

「如何に加賀忍びの者でも、此れ以上、無駄に死なせてはならぬか……」

左近は、白竜斎の腹の内を読んだ。

「孫の金剛の仇を討つ為、配下の忍びの者共に命を棄てさせる愚かな老人か……」

白竜斎は、己を嘲笑った。

「そうした誹《そし》りを受けても仕方があるまい」

左近は頷いた。

「うむ。左近、儂《わし》は加賀忍びの道統を護るべき総帥としては、歳を取り過ぎたのかもしれぬ……」

「歳は人を賢くもするが、愚かにもする……」

左近は、微かな哀れみを過《よぎ》らせた。

「左様。竜安を始めとした数多くの加賀忍びの者を死なせて漸《よう》や《ママ》く気付いた……」

「気が付くのが、遅かったようだな」

「如何にも……」

白竜斎は頷いた。

「して、どうする……」

左近は、白竜斎の出方を窺った。

「死なせた加賀忍びの者共には、腹を切って詫びるしかないと思ったが、日暮左近と刺し違え、その首を供物《くもつ》としてあの世に持参すると決めた」

白竜斎は、左近に笑い掛けた。

淋しげな笑いだった。

「そうだな。手ぶらでは行けぬな」

左近は苦笑した。
「うむ……」
白竜斎は、不動明王の祀られている祭壇から左近に向かって跳んだ。
左近は身構えた。
白竜斎は、跳びながら忍び刀を抜き、左近に鋭く斬り付けた。
左近は、無明刀を抜いて白竜斎の忍び刀を打ち払った。
白竜斎は、本堂の床に着地して左近に鋭く斬り掛かった。
左近は、無明刀で斬り結んだ。
刃の嚙み合う音が鳴り、火花が飛び散った。
息が微かになり、床が微かに軋んだ。
左近と白竜斎は斬り結んだ。
祀られた仏像は、様々な顔で見守った。
白竜斎は、忍び刀で無明刀の斬り込みを受け、鍔迫《つばぜ》り合いになった。
次の瞬間、白竜斎は左近の顔に向かって含み針を吹いた。
小さな含み針が煌めいた。
左近は、咄嗟に顔を仰け反らせて白竜斎の含み針を躱した。

だが、何本かの含み針が左近の両眼の瞼《まぶた》を掠《かす》った。

両眼の瞼に微かな痛みが走った。

左近は、大きく跳び退いて両眼を開けようとした。

両眼の瞼に痛みが染み、開ける事は叶わなかった。

「日暮左近、死んだ加賀忍びの者共の供物になって貰う」

白竜斎は、嗄れ声を昂《たかぶ》らせた。

左近は、眼を瞑ったまま無明刀を頭上高く構えた。

天衣無縫の構えだ。

白竜斎は、隙だらけの左近を嘲笑った。

「日暮左近、金剛を始めとした加賀忍びの無念を晴らす」

白竜斎は、忍び刀を袈裟《けさ》に構えて左近に迫った。

左近は両眼を瞑り、無明刀を上段に構えて五感を研ぎ澄ませた。

白竜斎は、左近に斬り掛かった。

殺気が押し寄せ、閉じた瞼の裏が明るく瞬《またた》いた。

刹那、左近は腰を僅かに沈め、無明刀を真っ向から斬り下げた。

剣は瞬速……。

無明斬刃……。

左近は、残心の構えを取った。

白竜斎は凍て付き、額から血が湧いて流れ、白い髪と髭を赤く染めた。

左近は、血の臭いを嗅いだ。

「左近……」

白竜斎は、血の流れる老顔を歪め、忍び刀を握ったまま斃れた。

左近は、残心の構えを解き、瞑っていた両眼を懸命に開けた。

両瞼に染みた痛みは薄れ、両眼は僅かに開いた。

斃れた白竜斎の姿が霞んで見えた。

左近は、無明刀を一振りして鋒《きっさき》から血を飛ばして鞘に納め、白竜斎の死を見定めた。

加賀忍びの総帥白竜斎は、日暮左近の首を供物にする願いを叶えられずに滅び去った。

終わった……。

押上村の物の怪騒ぎ、金沢藩による七日市藩乗っ取り、柿ノ木長屋騒動、そして加賀忍びとの殺し合いと続いた一件は、漸く終わったのだ。

左近は、井戸端で両眼を水で洗った。
両眼の霞みはかなり取れた。
左近は、両眼の瞼に傷薬を塗って本堂に戻った。
薄暗い本堂に、白竜斎の死体はなかった。
忍んでいた加賀忍びが、総帥白竜斎の死体を運び去ったのだ。
此れで良い……。
左近は、妙蓮寺の本堂を後にした。
不忍池の輝きは、左近の霞みの残る眼に痛い程に眩しかった。

光文社文庫

文庫書下ろし／長編時代小説
影《かげ》武《む》者《しゃ》　日《ひ》暮《ぐらし》左《さ》近《こん》事《じ》件帖《けんちょう》
著者　藤《ふじ》井《い》邦《くに》夫《お》

2022年11月20日　初版1刷発行

発行者　鈴木広和
印刷　萩原印刷
製本　フォーネット社

発行所　株式会社　光文社
〒112-8011　東京都文京区音羽1-16-6
電話（03）5395-8149　編集部
8116　書籍販売部
8125　業務部

ISBN978-4-334-79452-1　Printed in Japan

組版　萩原印刷